सृंजय

सृंजय का जन्म 25 जनवरी, 1961 को भोजपुर, बिहार के तेतरिया नामक गाँव में हुआ। उनकी प्रारम्भिक शिक्षा गाँव में और विश्वविद्यालयी शिक्षा पटना, आरा और भागलपुर में हुई। शुरू में समाजवादी-मानवतावादी विचारों से जुड़ाव, फिर आर्यसमाज से प्रभावित होकर देशाटन, और फिर वामपंथी श्रम संगठनों एवं दलों से उनकी गहरी संबद्धता रही।

सन् 1984 से साहित्य की ओर प्रवृत्त हुए। तभी से विभिन्न पत्र-पत्रिकाओं में कहानियाँ, लघु कथाएँ, समीक्षाएँ और लेख आदि प्रकाशित। 'कॉमरेड का कोट' और 'नंगा' उनके प्रमुख कहानी-संग्रह हैं। उनकी कुछ कहानियों का विभिन्न भारतीय भाषाओं में अनुवाद हो चुका है। आकाशवाणी के विभिन्न केन्द्रों से उनकी रचनाओं का प्रसारण भी हुआ है। 'तख़्त-ओ-ताब' नामक कहानी के लिए उन्हें 1989 के 'कृष्णप्रताप स्मृति पुरस्कार' से पुरस्कृत किया गया।

सहायक निदेशक (राजभाषा), भारत संचार निगम लिमिटेड से सेवानिवृत्त।

नंगा

सृंजय

राधाकृष्ण पेपरबैक्स

पहला पुस्तकालय संस्करण
राधाकृष्ण प्रकाशन प्राइवेट लिमिटेड द्वारा
2001 में प्रकाशित

राधाकृष्ण पेपरबैक्स में
पहला संस्करण : 2023

राधाकृष्ण पेपरबैक्स : उत्कृष्ट साहित्य के जनसुलभ संस्करण

राधाकृष्ण प्रकाशन प्रा. लि.
जी-17, जगतपुरी
दिल्ली-110 051
द्वारा प्रकाशित

शाखाएँ : अशोक राजपथ, साइंस कॉलेज के सामने, पटना-800 006
पहली मंजिल, दरबारी बिल्डिंग, महात्मा गांधी मार्ग, प्रयागराज-211 001
वेबसाइट : www.radhakrishnaprakashan.com
ई-मेल : info@radhakrishnaprakashan.com

बी.के. ऑफसेट
नवीन शाहदरा, दिल्ली-110 032
द्वारा मुद्रित

मूल्य : ₹199

NANGA
Short Stories by Srinjay

ISBN : 978-81-19092-29-1

डॉ. विमल
डॉ. रविभूषण
डॉ. शम्भुनाथ
मालचन्द तिवाड़ी
डॉ. रमेश मोहन झा
और
सुदामा सिंह
को...

जिन्होंने मेरे पथ को सुगम किया...

आभार

'नंगा' के लिए जयकिशोर बर्मन
'मूँछ' के लिए रामजी राय
'बुद्धिभोजी' के लिए राम प्रवेश दूबे
'डमर' के लिए फ़िल्मकार प्रकाश झा
'हममज़हब' के लिए स्व. धर्मनाथ मिश्र
के प्रति

क्रम

मूँछ

उस लोककथाकार की बार-बार दुहाई है। सबसे पहले जिसने कथा यह सुनाई है। वर्णन है जिसमें पूँजी की माया का। सामन्तों की मोटी अक्ल, खोखली काया का। कैसे युगद्वार पर पूँजी की दस्तक हुई। पुरानी मर्यादाएँ सारी झट नतमस्तक हुईं। दया, धर्म, प्रेम, शौर्य, नीति, नियम ताक पर। भेड़ जैसे लोग चलें पूँजी की हाँक पर। जमाने की जीभ घिरी दौलत के दाँत में, रहा नहीं तन्त वह जनेऊ और जात में...और यह सब...कथाकार कह गया बातों ही बात में...

...कहनेवालों ने अपनी आँखों के भरोसे यही कहा है कि दुनिया में हर चीज का अपना कुछ निशान है और किसी-न-किसी निशान की बदौलत हर चीज की अपनी एक खास पहचान है। जैसे एक ठाकुर साहब थे, जिनकी ठकुराई की निशानी उनकी मूँछ थी और इस महिमावान मूँछ के चलते ही उनकी दस गाँव में पहचान थी। उस हलके में दो चीजें ही चर्चा के लायक थीं...एक तो जंगल में सोरही गाय की पूँछ, जिससे 'चँवर' बनता है और दूसरे ठाकुर साहब की मूँछ, जिसके आगे-पीछे 'चँवर' डुलाया जाता है। कहना मुश्किल था कि ठाकुर साहब के मूँछ जमी थी या मूँछ के लिए ही ठाकुर साहब जनमे थे। 'अंडा पहले या मुर्गी' की तरह यह सवाल कठिन तो नहीं था, लेकिन ठाकुर साहब की मूँछ के सामने किसी आसान सवाल का जवाब देना कठिन जरूर था, क्योंकि जिस

जवाब से वह सन्तुष्ट हो जाते थे, उसे ही सही माना जाता था, जो जवाब को जीभ के बसूले से छील-छालकर ऐसा बना दिया जाता था कि वह ठाकुर साहब के भेजे में समा सके। ठाकुर साहब पद और कद दोनों के धनी थे, काफी लम्बे-चौड़े उठानवाले, अपने हाथ से साढ़े तीन हाथ ही होंगे, लेकिन पटवारी के हाथ से पाँच हाथ चार अंगुल यानी कट्ठे-भर लम्बे, यही कारण था कि आसपास के रैयतों की जमीन ठाकुर साहब के कद के कट्ठे से माप ली गई थी। एक गज चार गिरह का सीना, खुलता हुआ गेहुँआ रंग, औंधे तुम्बे की तरह सिर, फूले हुए गाल, लम्बी और ऊँची नाक और सरौते की तरह चिपके हुए होंठ, जिनके दरमियान थी वह मूँछ, जिसकी चारों तरफ पूछ थी। यह खानदानी मूँछ थी। पीढ़ी-दर-पीढ़ी चलती आ रही। ठाकुर साहब के बाप की मूँछ इससे भी सरकश थी, घनी, बटी हुई और ऊपर की ओर उठती हुई नोकदार, पुरनिया लोग कहते थे कि पुराने ठाकुर साहब पटमुरेठा बाँधे जब घोड़े पर निकलते थे तो उनसे दस हाथ आगे-आगे उनकी मूँछ चला करती थी। गाँछ-बिरिछ तक झुक-झुककर जुहार बोलते थे। मनवा-मनई तो राह छोड़कर ही हट जाते थे। कहते हैं, पुराने ठाकुर साहब की मूँछ की नोकों का हलके की सुन्दर कुँवारी कन्याओं या नई-नवेली बहुओं के नाक-कान छेदन के लिए भी उपयोग होता था। यहाँ तक कहते हैं कि ऐसे नेक काम के लिए इस खानदान में पेट में ही मूँछें जम जाती थीं। पुराने ठाकुर साहब मूँछों में घी लगाया करते थे, तब और सस्ती का जमाना था, दूध-दही की नदियाँ बहा करती थीं। नए ठाकुर साहब उतना तो नहीं कर सकते थे, फिर भी अपनी मूँछों का अपने तईं खासा जतन करते थे, दही में बेसन मिलाकर उसे हफ्तावार साफ करवाते थे। हज्जाम हर रोज आकर दाढ़ी बना जाया करता था, ताकि मूँछ के आसपास और कुछ न उगे, दाल की कटोरी में घी पड़ता या रोटी में चुपड़ा जाता तो मूँछें भी अपना भाग पी लेतीं, ड्योढ़ी में ऊँचे आसन पर बैठकर ठाकुर साहब दिन-भर मूँछें बटा करते। बटते-बटते मूँछों की नोक साही के काँटे से भी ज्यादा 'सुइलार' हो गई थी, जिसके डर से मक्खी भी नाक पर बैठने की जुर्अत नहीं कर पाती थी।

मूँछ

ठाकुर साहब के संग ड्योढ़ी में जो गपोड़िए बैठते थे, उन्हें भी मूँछ रखने की सख्त हिदायत थी। लेकिन एक खास लम्बाई से ज्यादा नहीं, कोई तितलीकट मूँछ रखता तो कोई गुलाब-जामुनकट, कोई दूज के चाँद की तरह पतली रखता, तो कोई अँगूठे की तरह मोटी, ड्योढ़ी में सबसे ज्यादा किसी बात पर बात चलती तो मूँछ पर। ठाकुर साहब की मूँछ के लिए वे तरह-तरह की उपमाएँ जुटाया करते, कोई कहता कि ये तो बाजरे की बाल की तरह गझिन है, तो कोई कहता कि यह मकोय के फल से भी अधिक काली है, कोई कहता कि अरे यह तो फरसे की तरह बाँकी है, तो कोई कहता कि यह कमान की तरह तनी हुई है। जिस किसी के फेफड़े में चिलम का धुआँ तनिक बेशी चला जाता तो वह कहता कि नाक के दोनों ओर ये मूँछें ऐसी लगती हैं जैसे गाय के थन से दो काली-काली जोंकें सट गई हैं। बुरा नहीं मानते थे ठाकुर साहब, क्योंकि भाव से कहो या कुभाव से, बड़ाई तो हर हाल में मूँछों की ही होनी थी। बात के वजन के बराबर कहनेवालों को ठाकुर साहब कुछ-न-कुछ बख्शीश में देते रहते। मिलनसार आदमी थे, हलके में कहीं भी शादी-ब्याह, यज्ञ-उपनयन जैसे काज-परोजन हो या गीत-गौनई का आयोजन, हर जगह ठाकुर साहब की आदर सहित बुलाहट होती। यज्ञकर्ता की हैसियत के मुताबिक ठाकुर साहब कुछ-न-कुछ नेवता भेजवा देते या ज्यादा रुतबेवाला हुआ तो घड़ी आध घड़ी के लिए वे दर्शन भी दे देते। ठाकुर साहब जहाँ जाते वहाँ मूँछों की ही चर्चा चल पड़ती, राहगीरों की आँख बरबस मूँछों में फँस जाती। बच्चों से लेकर भाटों के बीच कविताई तक मूँछ ही विषय हुआ करती थी।

ठाकुर साहब रईस आदमी थे। उनके यहाँ बाँस पकड़कर रस्से पर करतब दिखानेवाले नट से लेकर बन्दर पकड़कर नचानेवाले मदारी तक परवरिश पाते थे। वे कभी कीर्तन करवा रहे हैं, तो कभी यज्ञ करवा रहे हैं, तो कभी रामलीला-रासलीला करवा रहे हैं। वे रईस के साथ-साथ रसिक भी थे, सो आए दिन इलाके की मशहूर गानेवालियों और नाचनेवालियों का जमघट लगा रहता। मूँछों की शान कोई हवा में तो थी नहीं, इसके लिए काफी कुछ करना

पड़ता था। मूँछ की महत्ता के आगे रुपए-पैसे को नीचे के बाल बराबर भी नहीं गिनते थे, घर में आए दाम को वैसे ही उलीचते थे, जैसे नाव में रिस आए पानी को मल्लाह उलीचता है, लेकिन उनके खजाने में कोई गूलर का फूल रखा तो नहीं था कि कभी खत्म होने के मान में न आए। दिल खोलकर और तलहत्थी झाड़कर खर्च करने से अंटी तंग रहने लगी थी।

ऐसे में ही एक दिन एक गपोड़िए ने खबर दी कि बगल के गाँव के लगनदेव ठाकुर लखराँव (पार्थिव-पूजन, काली मिट्टी के एक लाख छोटे-छोटे शिवलिंग बनाकर उस पर विल्वपत्र की एक लाख पत्तियाँ चढ़ाई जाती हैं, प्रत्येक पत्ती पर चन्दन से ॐ नम: शिवाय लिखा जाता है और पूर्णाहुति के दिन बहुत धूम-धड़ाके से उत्सव-भोज आदि किया जाता है) लगा रहे हैं, कि बड़ा भारी जलसा होगा, बारह कोस तक नेवता बँटेगा।

सुनकर ठाकुर साहब को भी ताव लग गया, "ठीक है, जिस दिन लगनदेव के लखराँव की पूर्णाहुति होगी उसके अगले दिन से यहाँ भी ठनवा दो।"

कहने भर की देर थी कि कारिन्दे हरकत में आ गए, तैयरी शुरू हो गई। पंडितजी बुलवाए गए, पंच पवनी बुलवाए गए, हलवाई बुलवाए गए, सबों ने अपना-अपना हिसाब जोड़कर बताया, खर्च ज्यादा आना था। लगनदेव ठाकुर से डेढ़ा अधिक खर्च न किया तो क्या किया। लगनदेव ठाकुर भी मूँछें रखते थे, लेकिन उनकी मूँछें छिहर थीं, कोशिश करने पर भी घनी न होती थीं। यह ठाकुर साहब पैसे की जुगाड़ के बारे में विचार करने लगे, बिना किसी से हथफेर लिए काम न चलनेवाला था।

ठाकुर साहब ने अभी कुछ निर्णय भी न लिया था कि एक गपोड़िया बोल उठा, "अँगने में तो नदी बह रही है, ठाकुर साहब! अपना बुल्ला साह किस रोज काम आएगा।"

"वह कहाँ से देगा?" ठाकुर साहब बोले, "वह बेचारा तो हमारे यहाँ से तिलहन ले जाता है और उसे पेरकर कारोबार करता है।"

"ठाकुर साहब! जबसे बुल्ले साह ने तेल पेरनेवाली कल बैठा ली है,

तब से वह जवार-भर का तेलहन खरीदने लगा है, काफी मुनाफा मार रहा है, वह।" गपोड़िए ने कहा, "वह केवल आपके तेलहन पर थोड़े निर्भर है।"

मन माफिक सलाह पर ठाकुर साहब ने साहूकार को याद किया और अपनी मूँछ की पत रखने के बहाने गाँव की नाक रखने की बात कही।

उसी गाँव का साहूकार था, बुल्ला साह। उमर में ठाकुर साहब के बराबर ही होगा, लेकिन देखने में उनसे आधा मालूम पड़ता था। बँधी हुई कठान, कोताह गर्दन, तरबूजे की तरह तोंद, छोटे-छोटे हाथ-पाँव, जिससे पूरे शरीर में गाँठ ही गाँठ नजर आती थी और मिचगिची आँखें। उस बेचारे के साथ एक बड़ी दिक्कत यह थी कि चार पुत्रों का पिता हो जाने पर भी उसके दाढ़ी-मूँछें नहीं जमी थीं, इसलिए सब लोग उसे बुल्ला-बुल्ला (मकना, बालिग हो जाने पर भी जिसके दाढ़ी-मूँछें नहीं रहतीं) कहकर बुलाते थे। साहूकार ने काफी धन जोड़ रखा था, लेकिन दाँत से दमड़ी पकड़ने की बात नहीं गई थी। वह साफ नट गया, "ठाकुर साहब, क्यों मेरा सत्त टो रहे हैं? जैसे-तैसे करके पाँच पैसे जोड़ पाया हूँ। तेल पेरनेवाली कल बैठाने में ही काफी पूँजी निकल गई, अगर वही दे दूँ तो गाँठ ढीली हो जाए। कहा गया है कि अगर नदियाँ पानी न ढालें तो हरहराता समुन्दर भी तीन दिन में सूख जाए।"

"बुल्ले साह!" ठाकुर साहब बोले, "फोकट का तो माँग नहीं रहा, कर्ज दे दो, जितना कहोगे, सूद भर दूँगा।"

'बुल्ला साह' नाम से ही वह अनकता था लेकिन करे क्या! सुनना ही पड़ता था। उसने कहा, "अहा, ठाकुर साहब? आप भी कैसी बात करते हैं? भला मेरी इतनी औकात कि आप जैसे बड़े दरबार को कर्ज देने लगूँ। यह हिमाकत मुझसे न होगी, आप कहें तो सकान के मुताबिक नेवता दे दूँ।"

"वह तो तुम अपने पुन्न के लिए दोगे, बाकी खर्च के लिए मैं कर्ज माँग रहा हूँ।"

"कर्ज का मोल तभी तक है, जब तक ठीक समय पर सूद मिलता रहे, आपसे मैं सूद किस मुँह से माँगूँगा?"

"कहो तो तमस्सुक लिख दूँ। सूद के एवज में और ज्यादा तेलहन ले लेना या कहो तो दूसरे अनाजों को बेचकर नगद भर दूँगा।"

"जब आप कहते हैं तो मैं ना भी कैसे करूँ?" बुल्ले साह के होंठ की ऊपरली चमकती पट्टी पर, जहाँ रोंए भी नहीं उगे थे, पसीने की बूँद लटक आई, उन्हें पोंछते हुए वह बोला, "आखिर आपकी इज्जत गाँव की इज्जत है और गाँव की इज्जत मेरी भी तो इज्जत है।" फिर वह अपनी चिकनी ठोड़ी सहलाने लगा, "मेरे मुँह पर गाही के बदले एक गिनकर तेल भिगोया चमरौंधा लगे जो आपसे तमस्सुक लिखवाऊँ या सूद के एवज में अनाज बिकवाऊँ!"

"कुछ तो तुम्हें लेना ही पड़ेगा, बुल्ले साह!"

"बस, आप यह नाम न लें, ठाकुर साहब! रुपया तो मैं आपको ऐसे ही दूँगा, चाहे मुझे कारोबार बन्द ही क्यों न कर देना पड़े।"

ठाकुर साहब सोचने लगे कि अगर इसका कारोबार बन्द हो गया तो फिर कभी इससे भी अरजंटी जरूरत पड़ी तो कर्ज नहीं मिलेगा, पहले की बात होती तो लगान बढ़वा देता, लेकिन अब तो लगान पर भी सरकार का मालिकाना है। वह बोले, "जैसा कहो, मैं तैयार हूँ।"

"ठाकुर साहब, रुपया तो मैं ऐसे ही दूँगा, हाँ, एक ही अड़चन है..."

"वह क्या?"

"तिजोरी पर मेरा अधिकार नहीं है। उस पर लक्ष्मीजी की पहरेदारी है। जितनी इच्छा हो आप रकम ले लें, लेकिन उसके दूना बराबर का वहाँ कुछ सामान रखना पड़ेगा।"

"ऐसा क्यों?" ठाकुर साहब ने पूछा।

"इसलिए कि तिजोरी को मैं अपना ही जानता था, सो एक दिन थोड़ी-सी रकम निकालकर घर के काम में लगा दिया। अगले दिन से घाटा ही घाटा। पहले तो कुछ समझा नहीं, लेकिन एक रात लक्ष्मीजी ने सपना दिया कि तुमने किसके हुकुम से यह काम किया है? मैं नाक रगड़ने लगा तो वह बोलीं कि ठीक है, जितना निकाला है उसके दूने के बराबर का वहाँ सामान रख दो।

क्या कहूँ ठाकुर साहब! घरवाली की हँसुली रखनी पड़ी। आज तक छुड़ा नहीं पाया हूँ, और घरवाली है कि छूँछा गला देखकर गला फाड़-फाड़कर चिल्लाती है।" बुल्ला साह जानता था कि बिना कुछ बन्धक रखे ठाकुर साहब से सूद वसूल करना कठिन हो जाएगा। बन्धक रखने में एक और फायदा था कि जब घर की चीजें कम होने लगेंगी, तो फिर इन्हीं चीजों को खरीदने के लिए ठाकुर साहब को कर्ज लेना पड़ेगा, तब खेत का अनाज कहाँ जाएगा!

ठाकुर साहब के सामने लखराँव के बाद की प्रतिष्ठा दिख रही थी, लगनदेव ठाकुर की नीची मूँछ दिखलाई पड़ रही थी, अपनी चर्चा सुनाई पड़ रही थी। उन्होंने गहने-गूँठे रखकर साहूकार से कर्ज ले लिया।

फिर तो ठाकुर साहब ने ऐसा लखराँव लगाया कि अब तक के सारे मानदंड टूट गए, भंडारे के दिन सैकड़ों कनस्तर घी के खुले, भोजियों ने छककर मालपुए उड़ाए, यहाँ तक कि पत्तल चाटकर अघाए कुत्ते हफ्ते-भर बाद तक जिस दिशा में मुँह करके भौंकते, उधर गरम-मसालों की खुशबू उड़ने लगती। 'जान से बड़ा पेट' जिनका जीवन-दर्शन था, उनका तो दस्त कबर गया था और वे कई दिनों तक खड़ी इलायची हगते रहे। ठाकुर साहब की मूँछ जौ बराबर और ऊँची हो गई, लगनदेव ठाकुर की छिहर मूँछों के कुछ और बाल झड़ गए। अब तो जिधर देखो ठाकुर साहब ही ठाकुर साहब थे। अंटी की तंगी भी जाती रही। जब जितनी जरूरत होती वह साहूकार से कर्ज ले लेते। घर की कीमती चीजें खत्म होने लगीं तो बाग-बगीचे बन्धक रखने लगे, निगरानी उन्हीं की रहती और फल बुल्ला साह ले जाता...

ऐसा करते-करते बुल्ला साह पहले से भी अधिक धनवान होता गया, पर उसके मन का मलाल नहीं गया कि गाँव-जवार में उसे ठाकुर साहब जैसी इज्जत क्यों नहीं मिल रही है! गाँव के सारे लोग अपनी हाल-इज्जत बचाने के लिए बुल्ले साह की हथेलियों के नीचे से एक बार जरूर गुजरते थे, फिर भी लोग ठाकुर साहब की ही बातें करते, उनके यहाँ ही अलाव जलता, गपोड़ियों के अड्डे जमते, चिलमें सुलगतीं। बुल्ला साह सोचता...शायद इसका कारण

उनकी घनी बाँकी मूँछ है, मूँछ नहीं तो मर्द की पूछ नहीं। मूँछ रहती है तो उस पर ताव देते हुए सामनेवाले की मूँछ उखाड़ लेने की धौंस दी जाती है। किसी की मूँछ नीची करनी हो या अपनी ऊपर, तो दोनों हालत में मूँछ की ही दरकार पड़ती है। ये धन-दौलत किस काम के वास्ते! बेटे-बेटियाँ, कुल-परिवार किस दिन के लिए! छोटी-सी ही सही, एक अदद मूँछ होती तो आज मैं कितना खुशनसीब होता, ठाकुर साहब अब भी कहीं निकलते हैं तो पनिहारिनें उनकी मूँछ देखते-देखते घड़ा उठाना भूल जाती हैं, पंचायत में फैसला सुनाते वक्त लगता है कि गोया उनकी मूँछ बोल रही हो। बुल्ले साह ने वैद-हकीमों से खूब दवा-दारू भी करवाई, लेकिन लालसा को भी मात करनेवाली मूँछ नहीं जमी। चारों तरफ से थक-हारकर उसने कारोबार में ही मन लगाया। शाम ढले तक खटता, तगादे करता, नया रिन देता, माल की आवक-जावक का हिसाब रखता और विगत रात तक पैसे गिनता। तिजोरीवाली कोठरी में वह किसी को जाने नहीं देता, किवाड़ बन्द कर पैसे गिनता रहता। पैसे गिनते-गिनते उसकी उँगलियाँ अकड़कर टेढ़ी हो जातीं और चिकने-चुपड़े चेहरे पर पसीने चुहचुहा आते। वह अकड़ी उँगलियों से उसे पोंछता और फिर गिनने लगता।

एक रात वह पैसे गिन रहा था कि होंठ की ऊपरली पट्टी पर खुजलाहट-सी महसूस हुई। उसने कलदार रुपए से उस जगह पर खुजला दिया। खुजली थी कि बढ़ती ही जाती थी। पैसे गिनने में मशगूल वह बार-बार उस जगह पर कलदार रुपया घिस देता। अगले दिन उसने देखा कि वहाँ लाल चकत्ते उभर आए हैं, दरपन में देखा तो कुछ सूजन भी मालूम पड़ी, वह घबराया। वैद-हकीमों से दिखलाया, मगर मरहम लगाने से भी ठीक नहीं हुआ, वे लाल चकत्ते ठुड्डी पर भी उभर रहे थे। उसने अपने हितुओं से सलाह की तो उन लोगों ने बताया कि यह पैसे की गर्मी है, जो देह फोड़कर निकल रही है। अब तुम्हें कुछ धरम बरत भी करना चाहिए। इहलोक की माया तो तुमने खूब जोड़ी, अब कुछ परलोक के लिए भी बटोरो। बुल्ले साह ने भी यही ठीक समझा। उसने तीरथ करने की ठानी। मूँछ नहीं तो मोक्ष सही। अब यह चकत्तेदार चेहरा

वह तीरथ के जल से ही धोएगा। जाते समय उसने किसी को साथ नहीं लिया और न किसी को कुछ बताया कि कहाँ जा रहा है। घरवाली भी पूछती रही, मगर उसने मंजिल का पता न दिया, हाँ, बेटों को बुलाकर वह समझाने लगा, "आगे से यह सारा राजपाट तुम चारों को ही सँभालना है। हालाँकि यह सब थोथा है, फिर भी बाप का धरम है बेटों को समझाना, न समझाऊँ तो कहोगे कि बाप ने हमारे लिए कुछ नहीं किया...सो असामियों के साथ खूब होशियारी से व्यवहार करना। गुरु, नारी और भिखारी के सिवा सबसे हँस-हँसकर बातें करना। कोई कुछ माँगे तो पहले अपना ही रोना रोना। इससे बाद में रोना नहीं पड़ता है। किसी को करज-गुलाम देना तो मूल से अधिक फिकिर सूद की करना।" इसके अलावा उसने चारों बेटों को अलग-अलग बुलाकर उनके कान में कहा, "वैसे तो मैं सबको एक बराबर मानता हूँ, लेकिन तेरे ऊपर मेरी कुछ खास नजर है, सो कारोबार में भाई-भाई के बीच भी पाई-पाई का लेखा-जोखा दुरुस्त रखना।" इसके बाद बुल्ले साह राह खर्च के लायक माल-मताऊ लेकर चारों धाम की यात्रा पर निकल पड़ा।

बुल्ले साह के बेटे भी सपूत निकले। सबके साथ बाप से भी बढ़कर व्यवहार करते, छोटे को भाई और बड़ों को काका कहते, कोई दो बात बोल देता तो भी सह लेते। ठाकुर साहब को भी कोई दिक्कत नहीं आती। खानदानी मूँछ का रौब बदस्तूर कायम रहा, सदाबहार मददगार के रूप में साहूकार परिवार था ही।

बेटों के गुण-गोरख के सामने लोगों को बुल्ले साह की कमी खली नहीं, अब तो लोग उसे धीरे-धीरे भूलने भी लगे थे। हाँ, शुरू-शुरू में लोगों ने जरूर पूछा था कि साहूकार इस तरह अचानक कहाँ अन्ध हो गया। बेटों ने धामवाली बात ही बताई थी।

एक दिन ठाकुर साहब के यहाँ मजलिस जमी हुई थी। चर्चा मूँछ की ही चल रही थी कि हज्जाम नेवता बाँटते हुए आया, "छोटे-बड़े सभी पंच सुनें! आज बुल्ले साह के यहाँ 'सबहर' (सब हलों यानी पूरे गाँव का) भोज है।"

"किस खुशी में भाई?" लोगों ने पूछा।

"बुल्ले साह तीरथ करके लौटा है। भाइयों को भात खिलाकर नून मिलाएगा और गाँव-जवार को पक्की रसोई खिलाकर पुन्न बाँटेगा।" हज्जाम बोला।

"बुल्ले साह लौट आया!" एक गपोड़िया बोला, "ऐसी कौन-सी बात हुई कि वह दिल दरिया कर बैठा। अब तक तो वह पादकर मुट्ठी बाँधता आया था।"

"बुल्ले साह लौट आया!" ठाकुर साहब ने भी आश्चर्य से पूछा।

"हाँ, ठाकुर साहब!" हज्जाम खड़ा था तो बैठकर बताने लगा, "लौटा ही नहीं है। मर्द के पेट से बच्चा होने जैसी अनहोनी।"

"पूरी बात तो बताओ, क्या गाड़ी-छकड़े पर धन लादकर आया है?" एक गपोड़िए ने मसखरी की।

"धन से भी बड़ी चीज ले आया है वह।" हज्जाम ठाकुर साहब को सुनाने लगा, "मालिक, सुबह-सुबह मेरा बुलावा हुआ, गया तो क्या देखता हूँ कि सहुआनी के मारे छींकते-छींकते बुरा हाल है और साह है कि मूँछों पर हाथ फेरते हुए हौले-हौले मुस्कुरा रहा है।"

"क्या कहा? मूँछों पर हाथ फेरते हुए!" ठाकुर साहब का हाथ अनायास अपनी मूँछ पर चला गया।

"हाँ, मालिक! खूब घनेरी मूँछ लेकर लौटा है, बुल्ला साह।"

"तुम्हारी आँखों को धोखा हुआ होगा। खरगोश के सींग जमे तो बुल्ले को मूँछ जमे।"

"नहीं ठाकुर साहब! आज पहली दाढ़ी उसकी ही बनाई है। शक तो मुझे भी हुआ, सो एक कोने पर जरा-सा उखाड़कर देखा। एकदम चमड़ी के भीतर से बाल जमे हैं।"

"तो सहुआनी छींक क्यों रही थी?" एक गपोड़िए ने पूछा।

"यह बात तो वही जाने। मुझे तो बस बारहों पुरवा को नेवतने का हुकुम हुआ है।" कहकर हज्जाम दूसरी गलियों की ओर मुड़ गया।

लोग दौड़ पड़े बुल्ले साह की ओर। फिर तो कोई बहरा ही होगा, जिसने बुल्ले साह के मूँछें जमने की बात न सुनी। कोई अन्धा ही होगा, जो वहाँ तक जा न सका। ताँता लग गया। 'कब आए—कहाँ गए—कैसे थे' की बात पूछने के बदले सारे लोग उससे मूँछों के रहस्य के बारे में ही पूछने लगे। बुल्ला साह सबको हाथ जोड़कर बैठाता और कहता, "यह तो पिछले सुकीरत का फल है...तीरथ का प्रभाव है, वरना साँप के पैर होते हों तो मेरी मूँछें होतीं," वह रह-रहकर मूँछों को सहला देता था और लोगों से पान-सुपारी के लिए पूछने लगता था। उसकी तकुए की तरह दीखती छोटी-सी नाक के दोनों ओर काली-काली मूँछें ऐसी लगती थीं, गोया दो बड़े-बड़े भौंरे उड़ रहे हों। कुछ लोगों ने उसे छूकर देखा। रुई की पूनी की तरह मुलायम थीं मूँछें, बात तो थी विचित्र लेकिन सच।

ठाकुर साहब को उसने खास तौर पर बुलवाया। पुराने राब्ते का खयाल करके ठाकुर साहब गए भी, लेकिन उन्होंने बुल्ले साह की मूँछ पर कोई खास ध्यान न दिया। ठाकुर साहब के लिए यह कोई बड़ी बात तो थी नहीं, नई-नई मूँछ जमी है, इसलिए बेचारा बुल्ला साह अगरा-इतरा रहा है। बुल्ले साह ने लोगों को भरपेट पूड़ी-कचौड़ी, बुँदिया-पेड़े और तरकारी-रायते खिलाए, लेकिन किसी का पेट नहीं भरा। मूँछों का रहस्य जाने बिना भरता भी कैसे?

अब तो जहाँ सुनो वहाँ बुल्ले साह की मूँछों की चर्चा गूँजती थी। ठाकुर साहब के यहाँ बैठनेवाले गपोड़िए भी अक्सर चर्चा छेड़ देते, "मूँछें तो हमने बहुतेरी देखी हैं, लेकिन बुल्ले साह की मूँछों जैसी नहीं। कैसी घुमेर देता है वह अपनी मूँछ को। थोड़े दिन के बाद देखना, दोनों कान छूने लगेंगी।"

तो भाट भी कहते, "अहा, नाक की बगल में सोहती ये मूँछें, मानो मैनाक की चोटी के दोनों ओर कजरारे मेघ हों।"

इस बात पर ठाकुर साहब इधर से उधर कर फेरने लगते, तो गपोड़िए सँभाल लेते, "कुछ भी हो, ठाकुर साहब की मूँछों की बात ही निराली है... पोला कितना भी बढ़े मगर रहेगा उसके नीचे ही।"

ठाकुर साहब सब समझ रहे थे। सुनते-सुनते उनके कान पक चले थे... एक दिन सुना उन्होंने और सह लिया। एक सप्ताह सुना उन्होंने और सह लिया। एक पखवारा सुना उन्होंने और सह लिया। लेकिन अब गवारा नहीं हो रहा था। वह एक नया मोखालिफ कहाँ से पैदा हो गया। तीरथ करते-करते बुल्ला साह उधर ही मर-खप क्यों नहीं गया। अगर लौटा भी तो मूँछें लेकर क्यों लौटा। उसकी तो मूँछें न हुई मूँग हो गई ठाकुर साहब की छाती पर दली जानेवाली। ठाकुर साहब का चैन हर गया। सोते तो चिहुँककर उठ बैठते, लगता कि बिस्तर पर नुकीली मूँछें उग आई हैं, सपना भी देखते तो मूँछों का। सपने में उनका कई दफे बुल्ले साह से सामना होता और वह हाथ बढ़ाकर कई दफे मूँछ नोच चुके थे, जैसे बकरी मक्के का गुम्फा उखाड़ लेती है पट से।

अगर किसी सामान्य आदमी ने मूँछें बढ़ा ली होतीं तो इतना अचम्भा नहीं होता, हल्ला-गुल्ला नहीं होता, कितने मूँछवालों का अब तक वह मान-मर्दन कर चुके हैं, लेकिन साह बुल्ला था और उसकी ये मूँछें उगी थीं और उगी भी थीं तो बेहद लकदक के बीच।

लगा कि ठाकुर साहब की साख मिट जाएगी। एक दिन उन्होंने साहूकार को बुलवा ही लिया, "क्या देख रहा हूँ मैं?"

"कहाँ?" बुल्ले साह ने कुछ न समझकर कहा।

"यह मूँछ?" ठाकुर साहब ने साहूकार के ऊपरले होठों के ऊपर इशारा किया।

"मूँछ है कहाँ!" बुल्ले साह ने अपनी मूँछ को झट हथेली से ढक लिया, "ठाकुर साहब! आपके सामने भला मेरी मूँछ कहाँ टिकती है?"

ठाकुर साहब रोष में बोले, "टिकाने की हौंस तो है, बुल्ले साह!"

"ठाकुर साहब?" बुल्ला साह बोला, "अब तो इस नाम से मत पुकारिए। अब तो मेरी भी मूँछें..." उसने खीसें निपोर दीं।

"हाँ-हाँ, अब तो हिजड़ों को भी सब कुछ जमेगा।" ठाकुर साहब पैनी मुसकी काटकर बोले, "यह कैसे हुआ सच-सच बोलो?"

"यह तो तीरथ-बरत का कमाल है।" बुल्ला साह मूँछें सहलाते हुए बोला, "आप तो जानते ही हैं...यहाँ था तभी होंठों के ऊपर खुजली होने लगी थी, मैंने कलदार रुपए से खुजला दिया था तो लाल चकत्ते निकल आए थे। मैं तो घबड़ा गया था। कोढ़-वोढ़ का अन्देशा हो चला था, सो तीरथ करने निकल गया। चारों ओर से घूमते-घूमते ऋषिकेश पहुँचा तो देखा कि चकत्ते गायब हैं और उस जगह पर काले-काले केश उग रहे हैं। वर्षों की यह साध थी। ऋषिकेश में ही कुछ दिन ठहर गया और पूरे केश लेकर लौटा हूँ, इसमें मेरा क्या दोष?"

"ठीक है, साध बुझ गई न।" ठाकुर साहब की मूँछ बरछी की तरह कड़ी हो गई, "अब इसे मुड़वा डालो।"

"अहा-हा, यह क्या कह रहे हैं, ठाकुर साहब?" बुल्ले साह ने घबड़ाकर कहा, "इनसे आपका कुछ नुकसान तो होगा नहीं।"

"तुम्हारे जाने नुकसान नहीं, तो लोग अभी से मेरी मूँछों से मुकाबला क्यों करने लगे हैं?" ठाकुर साहब ने अपनी मूँछों की नोक ठीक करते हुए कहा।

"लोग की तो लोग ही जानें, लेकिन आप खामखाह डर रहे हैं, ठाकुर साहब! मुझे मुकाबला करना ही होगा तो आपसे क्यों करूँगा।"

"तो कटवा ही डालो न!"

"कितने भाग से तो ये मूँछ नसीब हुई है।" बुल्ला साह शराफत से बोला, "इतने दिनों की साथ-संगत, गाढ़े-कुगाढ़े काम आने का यही बदला दे रहे हैं?"

"काम आए हो तो बदले में सूद भी लेते हो।" ठाकुर साहब बोले, "पूरे हलके में किसी की मजाल नहीं जो कह दे कि ठाकुर साहब ने किसी का अधेला भी चाँप रखा हो।" ठाकुर साहब ने दुबारा कहा, "तुम अपनी मूँछें मुड़वा लो।"

"मैं मुड़वा लूँगा।" साहूकार बोला, "इसके पहले आप मेरा कर्ज वापस कर दीजिए।"

"जिस दिन पैसे हो जाएँगे, उस दिन आप लौटा दूँगा।"

"तब उसी दिन मैं अपनी मूँछ भी मुड़वा लूँगा।"

"नहीं यह तो कल ही मुड़वानी पड़ेगी।"

"तो कल कर्ज भी लौटाना पड़ेगा।"

ठाकुर साहब सोचने पर विवश हो गए। ये कर्ज, ये जलसे, ये भोज... सब कुछ इसी मूँछ के लिए ही तो। कर्ज लौटाने के डर से यदि बुल्ले साह की मूँछों को बढ़ने से न रोका गया तो अब तक का सारा किया-कराया पानी में चला जाएगा। जिस काम के लिए कर्ज लिया उसी काम के लिए अब कर्ज भी लौटाऊँ। उन्होंने बुल्ले साह की ओर देखा। उसकी मूँछ किसी भी मायने में कम न थी, बल्कि कुछ ज्यादा ही घनी और लम्बी, एक बार तो इच्छा हुई कि अभी हाथ बढ़ाकर भिंडी की तरह नोच लें, लेकिन कर्ज के सारे टीप, बन्धक पड़े सारे सामान उसी के पास हैं। ऊपर भी तो हाकिम है। नालिश भी कर सकता है। ठाकुर साहब ने मन मारकर कहा, "तुम अपना हिसाब बताओ, कितना निकलता है? मैं कल चुकता कर दूँगा।"

ठाकुर साहब के पास जमीन के सिवाय और क्या देने लायक था। साहूकार ने जितना हिसाब बताया था उसके आधे मूल्य के लगभग के खेत उन्होंने उसके नाम लिख दिए। कब्जे का पर्चा साहूकार को पकड़ाते हुए ठाकुर साहब बोले, "अब मुड़ा लेना।"

"हाँ-हाँ, आप निश्चिन्त रहें।"

अगले दिन क्या देखते हैं ठाकुर साहब कि बुल्ले साह ने अपनी आधी मूँछ छँटवा डाली है।

"यह क्या?" चिहाकर पूछा ठाकुर साहब ने।

"अब मूँछ रही कहाँ, ठाकुर साहब? इतनी छोटी-सी मूँछ आपका क्या कर पाएगी?"

"लंगूर को अपनी पूँछ छोटी ही नजर आती है," ठाकुर साहब बिगड़ पड़े, "मैं कहता हूँ, मुड़वा लो इसे।"

"पूरी रकम अदा कर दीजिए तो मूँछ भी पूरी कट जाएगी।"

"तुम क्या चाहते हो कि सारी जमीन तुम्हें देकर मैं दंड-कमंडल लेकर निकल जाऊँ?"

"मैं कारोबारी आदमी ठहरा, जमीन लेकर क्या करूँगा। मुझे नगद ही वापस कर दीजिए।"

"तो सुन लो, अब मैं तुम्हें एक बित्ता जमीन भी नहीं देनेवाला।" ठाकुर साहब आपा खो बैठे। "अब बचो तुम, तुम्हारी मूँछ मैं खुद उखाड़ूँगा...नहीं मैं खुद क्यों!...मैं अपने चाकरों से उखड़वाऊँगा...मूत में भिगोकर मुड़वाऊँगा।"

साहूकार डर गया, लेकिन उसने चतुराई से काम लिया, "ठाकुर साहब! जब मूँछ उखड़वानी ही है तो अकेले में क्यों? पाँच पंच के सामने उखड़वाइए।"

"पाँच पंच के सामने इसीलिए न कि वहाँ सबसे कहोगे कि ठाकुर साहब ने मुझसे कर्ज लिया है। मुझे बेदिन करवाने के लिए..."

"आप किसी की कसम धरा लें।" साहूकार बोला, "मैं ऐसी ओछी बात कभी नहीं करूँगा। मैं आपकी बहादुरी की तजवीज करना चाहता हूँ। सबके सामने फैसला हो कि किसकी मूँछ रहेगी और किसकी नहीं?"

"तो क्या तुम कुश्ती लड़कर फैसला करोगे या लाठी के जोर से?"

"वह तो उसी समय पता चलेगा। आप कोई दिन और जगह तय कीजिए... बहादुर हैं, मूँछवाले, तो हिचक क्यों रहे हैं?" साहूकार बोला।

ठाकुर साहब बहादुर आदमी थे। उन्होंने सोचा कि यह तो और अच्छा होगा। सबके सामने मूँछ उखड़ेगी तो लोग भी मेरा लोहा मान लेंगे। उन्होंने कहा, "एक महीने का समय देता हूँ। आज परिवा है, अगली पूर्णमासी को काली थान में तेरी मूँछों की बलि चढ़ेगी।"

बुल्ले साह चुनौती कबूल कर चला आया। चुनौती की चर्चा पानी पर तैरते तेल की तरह चारों ओर फैल गई।

कुछ लोग ठाकुर साहब से कहने लगे, "यह क्या किया आपने? आपको उसी समय उखाड़ लेनी चाहिए थी। एक साहूकार से आपका मुकाबला! यह नहीं शोभता।"

"जब जबान दे दी तो बस, दे दी।" ठाकुर साहब बोले, "एक महीना कोई ब्रह्मा का दिन थोड़े है।"

वही लोग साहूकार को भी लहकाते, "जब मुकाबला करना था तो आधी मूँछ छँटवाई ही क्यों?"

"भैय्यन! भेड़े के बारे में सुना है न...लड़नेवाले भेड़े का सींग बार-बार तोड़ा जाता है, ताकि वह और पुख्ता होकर उगे, यह मूँछ समझो कि इसीलिए छँटवाई है," साहूकार मूँछों पर बल देते हुए बताता।

ठाकुर साहब यह सब सुनकर और गुस्से में आ जाते लेकिन महीना दिन का बाक याद आ जाता था। उनकी ड्योढ़ी में बैठनेवाले गपोड़ियों में से एक चोर भी था। उसने कहा, "ठाकुर साहब आज रात मैं बुल्ला साह के घर में घुस रहा हूँ। 'अपने गाँव में चोरी नहीं करूँगा' का आपको दिया गया वचन आज तोड़ रहा हूँ। उस साहूकार के बच्चे को धन की गर्मी हो गई है।"

"ऐसा करना भी मत।" ठाकुर साहब ने उसे डाँट दिया, "यही करना होता तो मैं उसे पकड़कर मँगवा नहीं लेता। मर्द की जबान है। यह मूँछों की लड़ाई है, काली थान में ही फैसला हो जाने दो।"

"ठीक है, मैं धन नहीं चुराऊँगा।" चोर गपोड़िया बोला, "मैं केवल उसकी मूँछ काटकर चला आऊँगा। अगले दिन हल्ला हो जाएगा कि साहूकार ने चुनौती तो कबूल कर ली, लेकिन डर के मारे आप ही मूँछें कटवा लीं।"

"हाँ, यह कर सकते हो," ठाकुर साहब के भेजे में यह बात अँट गई तो बोले, "लेकिन उसका और कुछ नुकसान मत करना।"

उस दिन से वह चोर बुल्ले साह के घर में घुसने के फिराक में लग गया। वह रोज रात को चक्कर लगाने लगा, मगर भीतर घुसने की राह हाथ न लगती थी। साहूकार का घर पक्का था, जिसमें सेंध भी नहीं मारी जा सकती थी और किवाड़ तो जैसे बज्जर के बने थे, उलटे कब्जेवाले, जिन्हें उकसाया भी नहीं जा सकता था। खिड़कियों में भी लोहे की मोटी-मोटी छड़ें लगी थीं, तिस पर साहूकार रात को कब सोता था, इसका भी पता

नहीं चलता था, जब सुनो तब उसके खाँसने और 'हे राम-हे राम' करने की आवाजें सुनाई पड़ती थीं, लेकिन चोर भी था धुन का पक्का, उसने चक्कर लगाना नहीं छोड़ा...

बुल्ले साह के बेटों को इस संग्राम का पता चला तो वे भी बाप की इस कूढ़-मगजी पर हैरान रह गए। तिजारत के गम्भीर गुर जाननेवाले बाप को किस कुघड़ी में पागल कुत्ते ने काट खाया है। व्यापारी भला अपने असामी से ही रार बेसाहता है। जबकि ठाकुर साहब निरे असामी न थे। इस गाँव के मालिक थे। इसी मूँछ के लिए क्या-क्या नहीं किया उन्होंने। उसी रात को बेटों ने बाप को समझाना शुरू किया, "आप यह रार छोड़ दीजिए। मूँछों में रखा क्या है?"

"वह तो मैं भी समझ रहा हूँ कि कुछ नहीं रखा है, लेकिन जब मूँछें उग आईं तो इन्हें रखना ही होगा।"

"ये मूँछें नहीं उगी हैं।" बड़े बेटे ने कहा, "हम सबके पर उगे हैं, ठाकुर साहब ने धनबल में हम भले पार पा लें, लेकिन जनबल में मुश्किल है।"

"मेरे जन्मे गोगनाथ, मुझे सिखाएँ कोकशास्त्र।" बुल्ले साह बेटों को डाँटने लगा।

"बल की बात मुझसे न करो, अकल हो तो साढ़े तीन हाथ का आदमी नौ हत्था हाथी को बस में कर लेता है।"

बेटे समझा-बुझाकर हार गए लेकिन बुल्ला साह नहीं माना। तब उसकी बहुएँ समझाने लगीं, "बापजी, आपकी मूँछें देखकर बच्चे डर जा रहे हैं, रात को चिहा-चिहाकर जग पड़ते हैं। बिछावन गीला कर देते हैं। कम-से-कम उनका भी खयाल कीजिए।"

"हमें चराने की कोशिश मत करो, बहू!" बुल्ले साह ने कहा, "तुम्हारा सबसे जो छोटा नन्हघुर्ला है, वह तो हँस-हँसकर मेरी मूँछों से खेल रहा था," कहकर साहूकार अपने कमरे में चला गया। बहुओं की बातें भी न मानते देखकर उसकी घरवाली समझाने लगी, "तुम्हें यह कौन सी सनक सवार हो

गई है? बिना मूँछ के भी तुम्हारी मर्दानगी में कोई कमी तो न थी। इसका राज मुझसे बेहतर कौन जानता है? अब इस उमर में मूँछें रखकर किसे रिझाओगे? कटवा डालो।"

"देख री, मूँछें कोई नाखून नहीं हैं कि तुझे चुभती हैं।" बुल्ला साह पलंग से उतरकर शीशे के सामने खड़ा हो गया और गाल फुला-फुलाकर, होंठ टेढ़े-बेंगचे करके अपनी मूँछ की स्थिति तोलने लगा।

घरवाली ने पीछे से आकर कन्धे पर ठोड़ी रख दी और शीशे में झलकती उसकी तस्वीर से आँखें मिलाकर कहने लगी, "देखो जी, मुझे मूँछों की बान नहीं। तुम लाड़ लगाते हो तो मुझे जोरों की छींकें आने लगती हैं, मेरी इस सौत को दूर ही रखो तो अच्छा।"

"चुप रह, एक औरों की घरवालियाँ हैं जो अपने मर्द का हौसला बढ़ाती हैं और एक तू है! तेरे कहे से क्या-क्या कटवाता फिरूँगा? अपनी सीख अपने पास रख। किसी चीज की जरूरत हो, तो बोल, अभी मँगवा दूँ।"

"नहीं, मुझे कुछ न चाहिए...और हाँ, मुझे तंग मत करना।" घरवाली तुनक गई और पलंग पर पेट के बल जाकर पड़ रही।

बाहर की चुनौती और घर की चख-चख से बुल्ले साह का मन खट्टा हो गया, उसे नींद नहीं आ रही थी। दम घुटता-सा लगा तो खिड़की के पट खोल दिए। खिड़की पिछवाड़े की ओर गली में खुलती थी। उधर से ठंडी-ठंडी आती बयार बुल्ले साह को बड़ी भली लगी। जँगले की छड़ से सिर टेककर वह खड़ा हो गया। उसकी घनी मूँछ छड़ से बाहर लहरा रही थी। इस आरामदायक मुद्रा में आ जाने पर बुल्ले साह गुनगुनाने लगा—

वार देख शत्रु पहचानो, गोट देखकर दाँव
देख आँगना घर पहचानो, गली देखकर गाँव
सूम देख पहचानो घोड़ा, ककुद देखकर बर्ध,
नैन देख नारी पहचानो, मूँछ देखकर मर्द।

वह तो खड़ा होकर गुनगुना रहा था और हवा उसकी मूँछों को हौले-हौले हिलोर रही थी।

इधर गली में चक्कर काटते चोर के लिए यह अच्छा मौका था। चेहरे को कपड़े से अच्छी तरह बाँधकर वह दबे पाँव खिड़की के नीचे आया और गप से साह की मूँछ पकड़ ली। बुल्ले साह पहले तो समझ नहीं पाया, मगर जब जलन होने लगी और सामने एक अजीब से आदमी को लटके देखा तो वह चौंक पड़ा, "छोड़ भाई, तुम कौन हो? दूत हो कि भूत?"

चोर ने नाक से आवाज निकाली, "मैं तेंरीं मूँछ उँखाँड़ूँगाँ।"

"वह तो तुम अभी उखाड़ रहे हो।" साहूकार बोला, "मगर यह तो बताओ, तुम्हें इससे मिलेगा क्या?"

"ठाँकुँर साँहब से इँनाम मिलेंगाँ" चोर नाक से ही बोला।

"कितना इनाम मिलेगा? मैं उससे ज्यादा दूँगा। मेरी मूँछें छोड़ दो।"

चोर ने बिना सोचे कह दिया, "पाँच सौं।"

"तो मुझसे एक हजार ले लो न।"

चोर ने सोचा कि ठाकुर से तो कुछ मिलने से रहा और यह साहूकार सेंत-मेंत के हजार रुपए पकड़ा रहा है। इतने दिनों की रतफेरी का यह अच्छा सौदा है। उसने कहा, "एक हाथ से दो तो दूसरे हाथ से छोड़ दूँ। लेकिन चिल्लाना मत, नहीं तो पूरी मूँछ उखाड़कर चम्पत हो जाऊँगा।"

"दे रहा हूँ—दे रहा हूँ।" कहकर साहूकार ने पलंग पर लेटी अपनी घरवाली को हाँक लगाई। "अरी सुनती हो! इन्हें एक हजार रुपए दे दो। इन्होंने मेरी मूँछ पकड़ ली है। अब बिना लिए छोड़ेंगे नहीं।"

कछाकर पड़ी हुई घरवाली हड़बड़ाकर उठी। वह चोर को देखकर चिल्लाना ही चाहती थी कि साहूकार ने मना कर दिया। "बिना चिल्लाए तू चुपचाप रुपए निकाल ला।"

घरवाली जान-बूझकर देर करने लगी। वह मन-ही-मन चाहती थी कि मूँछ उखड़ ही जाए तो अच्छा। इधर साहूकार की पीड़ा बढ़ती जा रही थी।

उसने घरवाली को डाँटते हुए कहा, "अरी नासमझ! देर न कर। अभी फकत एक हजार लग रहे हैं, कहीं इन्होंने नाक पकड़ ली तो पूरे पाँच हजार देने पड़ जाएँगे।"

"अजीब अहमक है यह," चोर ने मन में सोचा और बिना देर किए मूँछ छोड़कर उसकी नाक पकड़ ली। साहूकार की तकुए-सी छोटी नाक चोर की चुटकी में आई ही थी कि उसने सिर का झटका दिया, नाक फिसल गई और साहूकार ने पट से खिड़की का पल्ला बन्द कर दिया, "अब पाँच हजार ठाकुर साहब से ही ले लेना।"

चोर हाथ मलता रह गया।

तब तक पौ फटने को हो आई थी। चोरवाली घटना सुनकर साहूकार के बेटे भी आ गए और बाप से झगड़ने लगे। "आप बरबाद होने पर तुल ही गए हैं। जो मन में आए कीजिए। बाद में हमें दोष मत दीजिएगा। किसी की बात नहीं माननी है तो कोई मदद देने भी नहीं आएगा।"

"ठीक है, हरामजादो!" बुल्ला साह गुस्सा होकर बोला, "क्या समझते हो कि मैं तुम्हारे बल पर मूँछ रखने चला हूँ? मैं दूसरों से मदद ले लूँगा, लेकिन तुम डरपोकों से नहीं, आज से ही तुम चारों को अलग करता हूँ। इस धन में से तुम्हारा कुछ नहीं। सब मेरा किया-कराया है। ऐसा जानूँगा मैं निपूता ही हूँ।"

"तुम्हारे नहीं रहने पर बेटों ने ही कारोबार सँभाला था।" उसकी घरवाली ने बेटों की ही तरफदारी की। "उतना मैं इन लोगों को दे दूँगा।" बुल्ले साह ने कहा, "उनकी उस कमाई पर मैं थूकता हूँ। चारों आपस में बाँट लो या गड्ढे में फेंक दो।"

बुल्ले साह की घरवाली, बहुएँ, नाती-पोते सब रोने लगे, लेकिन उसने बेटों को अलग करके ही दम लिया उनके कमाए धन और अपनी ओर से कुछ मोहरें देकर।

गाँव के लोग सुनकर सन्न रह गए। सब आपस में बातें करने लगे...सचमुच

बुल्ले साह की शामत आई हुई है। ठाकुर साहब को मूँछ दिखाकर आज तक कोई ठहर पाया है। दुश्मनी बढ़ जाने पर लोग नए दुश्मन के मुकाबले पुराने दुश्मनों से प्रीत बढ़ाने लगते हैं।

उलटे इस साहूकार ने कवच-कुंडल सरीखे बेटों को अलग कर दिया। ठीक ही कहा गया है कि अन्त निकट हो तो मति मारी जाती है।

गपोड़ियों ने आकर खबर दी, "बुल्ले साह की रास तो थमने में ही नहीं आती। बेटों ने उसे रोका तो वह उनको भी अलग कर बैठा।"

ठाकुर साहब को अच्छा ही लगा। दुश्मन की ओर से टूटकर आए लोग मददगार ही होते हैं। यदि विभीषण नहीं टूटे होते तो भगवान राम भी रावण से पार नहीं पाते। ठाकुर साहब उन बेटों से भेंटना ही चाहते थे कि वे चारों सिसकते हुए हाजिर हो गए, "हमारा कसूर फकत इतना ही था, ठाकुर साहब कि हमने अपने बाप को मना किया। हमने कहा कि बस मूँछ की ही तो बात है। मुड़वा डालो। ठाकुर साहब अपने मालिक हैं, इतने दिनों का उनसे राबता है। इसी बात पर नासमझ बाप ने हमें अलग कर दिया। इन बाल-बच्चों के साथ हम कहाँ जाएँ, ठाकुर साहब?"

"कहीं नहीं जाना है।" ठाकुर साहब का मालिकाना खून जाग उठा, "गाँव छोड़कर जाएगा तुम्हारा मूरख बाप। तुम्हारा कोई दोष नहीं, तुम्हारा व्यवहार हमारे साथ हमेशा अच्छा रहा है।"

ठाकुर साहब ने उनके रहने लायक जगह दे दी।

वह अपने गपोड़ियों से कहने लगे, "तुम लोग हल्ला उड़ाओ कि ठाकुर साहब अगली पूर्णमासी के दिन गधे के मूत से बुल्ले साह की मूँछ भिगोकर भोथरे उस्तरे से मुड़वाएँगे और उस जगह पर चिमटा गर्म करके दगवाएँगे ताकि सपने में भी जली चमड़ी पर बाल न उगें।"

गपोड़ियों ने अपने तईं इस बात का खूब प्रचार किया, लेकिन बुल्ले साह पर रंचमात्र भी असर न हुआ। हर सुबह वह मूँछें उमेठते हुए निकलता और दोपहर तक न जाने कहाँ-कहाँ से घूम-घामकर लौट आता। उसको देखने से

यह आभास भी नहीं मिलता था कि वह चिन्तित है। चिन्ता उलटे ठाकुर साहब को हो रही थी कि हर रोज वह कहाँ जाता है?

उन्होंने गपोड़ियों से पता लगाने को कहा। उन लोगों ने कई रोज पीछा किया और आकर खबर दी, "ठाकुर साहब! बुल्ला साह दक्खिन दिशा को जाता है। उधर जो जंगल है न, उसी ओर। मालूम नहीं उसे पता चल गया या क्या, हमने जब-जब देखा, उसे एक पेड़ के नीचे बैठा पाया।"

ठाकुर साहब की चिन्ता जंगल की तरह घनी होने लगी। "तुम लोगों में से किसी ने उससे बात करके थाह नहीं लगाई?"

"एक दिन आपकी झूठी शिकायत करते हुए मैंने उससे बतियाना चाहा तो वह केवल इतना ही बोला कि जब ठाकुर साहब इतनी तैयारी कर रहे हैं तो मुझे भी कुछ सोचना पड़ेगा।"

इसके बाद तुरन्त ही ठाकुर साहब बुल्ले साह के बेटों से मिले, "तुम्हें अलग करते वक्त साहूकार ने कुछ कहा भी था?"

"कहा था न, कि क्या समझते हो कि मैं तुम्हारे बल पर मूँछें रखने चला हूँ। मैं दूसरों से मदद ले लूँगा। लेकिन तुम डरपोकों से नहीं," बड़े बेटे ने याद करते हुए बताया।

"इसका मतलब कि वह कोई बड़ी तैयारी कर रहा है।" ठाकुर साहब चौंके।

"बिना किसी बड़े सहारे के इस तरह उसका साहस नहीं बढ़ता," सँझले बेटे ने कहा।

"तभी तो उसने सबके सामने फैसला करने को कहा था।" मझले बेटे ने कहा।

"बछड़ा या तो खूँटे के सहारे कूदता है या रस्सी के जोर से।" छोटे बेटे ने कहा।

ठाकुर साहब सोच में पड़ गए। "इसका मतलब कि वह जोरावर हो, इसके पहले ही मुझे कुछ लोगों को तैयार रखना पड़ेगा।" उन्होंने भरोसे के आदमियों से भी राय ली। सबका यही कहना था कि एक सेना तैयार करनी चाहिए।

हलके के एक सौ एक पहलवानों को ठाकुर साहब ने बुलावा दिया। वे हाजिर तो हुए, लेकिन अपनी लाचारी जाहिर करने लगे, "ठाकुर साहब, आपके यहाँ मदारियों और मीरासियों की तो पूछ थी, केवल एक पूछ नहीं थी तो पहलवानी की। आपको सुधि भी आई तब, जब पानी सिर से ऊपर गुजरने लगा। हमारे पुराने ठाकुर साहब थे तो वे पहलवानी में खुद रुचि रखते थे। अखाड़े का इन्तजाम वे खुद करते थे। बड़े दरबार से हमारे लिए रसद बँधी हुई थी। अब तो बस पहलवानी का नाम-भर रह गया है। पहलवानों का कल्ला-कल्ला बैठ गया है। अखाड़े की धूल रोड़ी हो गई।"

उन पहलवानों के बारे में प्रसिद्धि थी कि हरेक सेर-सेर भर का सात कौर खाता है। "जो हो गया सो हो गया।" ठाकुर साहब पछताते हुए बोले, "अब तो मैं अखाड़ा फिर चलवाऊँगा, तुम लोग डंड-बैठक शुरू करो।"

"अब तो हमारे घरों में चूहे डंड पेल रहे हैं। हमें वे मौका दें तब तो..."

"पिछली बात को कातते रहने से क्या फायदा?" ठाकुर साहब बोले, "अभी समय है, खाया-पिया, लड़ा-भिड़ा शरीर है। अभी से भी ध्यान दिया जाए तो देह बहाल हो जाएगी, क्या-क्या चाहिए तुम लोगों को? झटपट बता डालो।"

पहलवानां ने अपनी सात सेर की रोजाना की खुराक के अलावे घी-दूध, छुहारा-किशमिश, फल-फूल और माल-मलीदे की सूची थमा दी। ठाकुर साहब ने भंडारी को हुकुम दे दिया।

भंडारी हाथ मरोड़कर खड़े हो गए, "वहाँ तो भूनी भाँग नहीं है। दें तो कहाँ से दें।"

ठाकुर साहब ने साहूकार के बेटों से मदद माँगी, "यह आखिरी लड़ाई है। तुम्हें सोचना चाहिए कि बाप होकर भी जिसने बेटों को दर-ब-दर कर दिया, उसी के खिलाफ आखिरी लड़ाई है। वह फौज खड़ी कर रहा है तो हमें भी करनी चाहिए।"

"दर-ब-दर हो गए, तभी तो आपको मदद देने लायक हम नहीं रहे, ठाकुर साहब! जब हमारे हाथ में अख्तियार था तो हमने कभी मना किया था?"

साहूकार के बेटे बोले, "पता नहीं इस लड़ाई में कौन हारे...लेकिन हम कहीं के नहीं रहेंगे, उस कंजूस और बेईमान बाप ने हमें दिया ही क्या है! कुछ रुपए और मोहरों के सिवा। किसी तरह गुजारा कर रहे हैं हम। अगर हम पहलवानों को खिलाने लगें तो हमारे बाल-बच्चे भूखों मर जाएँ, हमारे पास तो जमीन भी नहीं है कि हल-बक्खर चलाकर कुछ उपार्जन कर लें।"

"मेरी जमीन को अपना ही जानो।" ठाकुर साहब ने उन्हें समझाते हुए कहा, "संकट की घड़ी है, वरना तुम्हें तकलीफ नहीं देता।"

"आपकी जमीन आपकी कहाँ रही?" बेटे बोले, "आधी तो उसी बाप के पास चली गई।"

ठाकुर साहब सोचने लगे कि मूँछ बचाने के चक्कर में आधी जमीन बन्दोबस्त हो गई, अब अगर यह आधी रहती है तो मूँछ चली जाएगी। बचना तो हर हाल में मूँछ को ही चाहिए।

साहूकार को यह बात मालूम हुई तो उसने कहना शुरू किया, "ठाकुर साहब ने मेरा आधा कर्ज ही चुकता किया है। बाकी जमीन पर भी मेरा ही हक है। वे बेटों के नाम दे कैसे सकते हैं। अगर बेटे लेते भी हैं तो मैं उन्हें भी देख लूँगा। अभी जरा ठाकुर साहब से निपट लूँ। बेटों को धूल चटाते मुझे कितनी देर लगेगी।"

ठाकुर साहब ने बेटों से कहा, "सुना न? क्या कह रहा है, बुल्ला साह। वह हमसे अलग-अलग निपटना चाह रहा है। हम इसका मौका ही क्यों दें? तुम लोगों के पास धन है, मेरे पास जन हैं, जब तक ये दोनों नहीं मिलते, तब तक साहूकार की फौज से पार पाना मुश्किल है।" ठाकुर साहब ने बेटों की हिचक तोड़ते हुए कहा, "तुम चारों भाई मेरी बाकी जमीन ले लो, मुझे लेकिन साहूकार के इस बच्चे को पाठ पढ़ाने दो। आखिर उसे भी पता चले कि उसने कितनी गलत बाँबी में हाथ डाल दिया है।"

काफी समझाने-बुझाने पर बेटे मान गए। उन लोगों ने ठाकुर साहब को मोहरें दे दीं और बदले में खेत लिखवा लिए।

ठाकुर साहब ने मोहरें भँजाकर पहलवानों को खिलाना-पिलाना शुरू कर दिया। पहलवान भिनसार से ही डंड-बैठक पेलने लगते, तेग-तलवार, लाठी-भाला, फरसा-गँड़ासा चलाने का अभ्यास करते। केशर कस्तूरी और अदरक के संग औंटाया मलाईदार दूध पीते, मेवे खाते, गरज कि घी से ही कुल्ला करते। सेर-सेर भर के सात कौर खाते। अखाड़ों में जब वे जाँघों पर ताल की थाप देते तो गाँछ-बिरिछ पर बैठी चिड़िया-चुरुंग मारे डर के उड़ जातीं। ठाकुर साहब ने उनके खाने-पीने का एकदम अनठेल कर दिया।

अब जाकर तनिक निश्चिन्त हुए ठाकुर साहब। देखा जाए, बुल्ला साह कितनी बड़ी फौज लेकर आता है और कैसे सामना करता है। वह हर रोज गपोड़ियों से बुल्ले साह की गतिविधियों के बारे में पूछते।

"उस पर तनिक भी असर नहीं हो रहा है, ठाकुर साहब!" एक ने कहा, "पता नहीं उसकी ताकत की जड़ कहाँ है?"

"वह पाताल में ही क्यों न हो, अपनी तैयारी भी कुछ कम नहीं है।" दूसरे गपोड़िए ने कहा, "तुषार तभी तक कड़ा रहता है, जब तक धूप नहीं उग आती।"

लड़ाइयाँ तो लोगों ने बहुतेरी देखी थीं, लेकिन यह लड़ाई अपने आपमें अनूठी थी। गूँछों की इस अजीबो-गरीब लड़ाई का लोग दम साधे इन्तजार कर रहे थे। देखते हैं, इस बार किसकी मूँछ बलि चढ़ती है।

जब अजानी मौत का दिन आ जाता है तो इस जानी लड़ाई का क्यों नहीं आता। आज पूर्णमासी थी। भोर भिनसार से ही नगाड़े बजने लगे। ठाकुर साहब के पहलवान थान के पास उतर चुके थे। पूरे शरीर में सरसों का तेल मलकर वे एक सौ एक पहलवान एक-से-एक करतब दिखाने लगे...कोई तेग भाँज रहा है तो कोई भाले का निशाना साध रहा है, कोई उछल-कूदकर कलाबाजियाँ दिखा रहा है। कंस के चाणूर की तरह दीखते पहलवानों ने इतनी धूल उड़ा रखी थी कि काली माँ की काली देह पीली लगने लगी थी।

लोग बुल्ले साह की फौज के आने की प्रतीक्षा कर रहे थे। पहर-भर दिन

चढ़ आया, तब भी उधर से कोई शोर-शराबा न हुआ। तब तक ठाकुर साहब कई पाठाओं की बलि दे चुके थे। काली थान पर उनके खून का परनाला बह उठा। अपने पहलवानों और युद्ध देखने के निमित्त खड़े लोगों को उन्होंने अपने हाथों प्रसाद बाँटा।

जब काफी देर तक बुल्ले साह की ओर से कोई हलचल नहीं हुई तो ठाकुर साहब ललकारने लगे, "बुल्ले साह! हो कहाँ, क्या चूड़ियाँ पहन लीं? बीवी के लूगे में घुस गए हो? यदि मूँछ कटा डाली है तो कोई बात नहीं, फिर भी झलक तो दिखा दो।"

बुल्ले साह के मकान की खिड़कियाँ एक साथ खुलीं और बन्द हो गईं। लोगों को लगा कि फौज अन्दर छिपी हुई है। अब निकला ही चाहती है। तमाशाइयों की आँखें और चौड़ी हो गईं।

फिर कोई नहीं आया। ठाकुर साहब हाँकने लगे, "बाहर निकल आ बुल्ले साह! वरना हम ही आ रहे हैं। तुम्हें घसीटकर बाहर ले आएँगे।"

बुल्ले साह अचानक अपनी दुछत्ती पर नमूदार हुआ। मूँछें उमेठते हुए वह चिल्लाया, "आ ही रहा हूँ, ठाकुर साहब!"

उसे मूँछें उमेठते देखकर ठाकुर साहब के तन-बदन में आग लग गई। उन्होंने खुद को दिलासा दिया कि अब थोड़ी ही देर में यह आग बुझ जानेवाली है...अब तो उसकी मूँछें काली माँ के पैरों पर होंगी।

लोग क्या देखते हैं कि बुल्ला साह आ रहा है...चौबन्नी कुरता पहने, सिर पर गुलाबी मुरेठा, नोकदार जूतियाँ, हाथ में सोने के छल्ले मढ़ी छड़ी लिये आ रहा है। उसके पीछे दो हृष्ट-पुष्ट आदमी हैं, एक के हाथ में कपड़े से ढका परात है और दूसरे के माथे पर एक लाल पेटी है मखमल से मढ़ी। पेटीवाला आदमी मटक-मटककर चल रहा है। बुल्ले साह ने उसे सावधान किया, "सँभलकर चलना, रे! औजारों की पेटी है। गिरने न पाए।"

लोग अवाक् रह गए। यह कैसा औजार ला रहा है बुल्ला साह? एक सौ एक पहलवानों की फौज का मुकाबला वह इस छोटी-सी पेटी से करेगा? तो

जरूर इसमें कोई नायाब औजार है। उस औजार के छूटते ही ठाकुर साहब की पूरी फौज कट जाएगी।

साँस रोके लोग इस विचित्र लड़ाई के आरम्भ होने के लिए बेताब हो उठे।

बुल्ला साह कालीजी के पास जाकर खड़ा हो गया।

करतब दिखाती फौज भिड़ जाने की मुद्रा में आ गई। ठाकुर साहब ने कड़ककर पूछा, "फौज तैयार है?"

फौजियों ने कहा, "हम टंच हैं, ठाकुर साहब!"

बुल्ले साह ने ठाकुर साहब को ऊपर से नीचे तक देखा, फिर एक-एक पहलवान को देखा और बोला, "आपने तो पाठा चढ़ा लिये, ठाकुर साहब। लड़ाई शुरू हो इसके पहले मैं भी जरा माँ काली का आशीर्वाद ले लूँ।"

ठाकुर साहब क्रोध से देख रहे थे उसको...फकत दो आदमियों के साथ आया यह साहूकार कहीं से भी घबड़ा नहीं रहा है, कौन-सी शक्ति लेकर आया है यह! ठाकुर साहब भीतर-ही-भीतर खौल रहे थे, मगर ऊपर से अचंचल रहते हुए बोले, "काली माँ की ही क्यों? तुम्हारे जितने देवी-देवता, इष्ट-मित्र हों, सबको गुहार लो।"

बुल्ले साह काली माँ की पूजा करने लगा। उसने कुम्हड़ा काटकर बलि चढ़ाई और सवा मन का प्रसाद चढ़ाया। पूजा हो चुकने पर उसने ठाकुर साहब की ओर प्रसाद बढ़ाया। ठाकुर साहब ने मूँछों पर ताव देते हुए कहा, "अभी नहीं पहले मूँछों का निपटारा हो।"

बुल्ले साह ठठाकर हँसा, उसकी मूँछें फड़कने लगीं, उनको अँगुली से दबाए हुए बोला, "ठाकुर साहब! अब भी मूँछें रह ही गईं? पूछता हूँ, मूँछें हैं कहाँ? आपके पास या मेरे पास?"

"यह बहसबाजी छोड़ो," ठाकुर साहब गरजे, "बोलो...एक-एक आदमी से लड़ोगे या फौज बुलवाओगे?"

"अहा, ठाकुर साहब!" बुल्ला साह सीना तानकर बोला, "बस इतनी-सी बात के लिए आपने इतना बड़ा तूमार बाँध लिया। लड़ाई फकत मूँछों की ही है

न? इसके लिए तो मैं अकेला काफी हूँ...यह लीजिए..." उसने चट से लाल पेटी खोल दी। लाल मखमल मढ़े ढक्कन के हटते ही ठाकुर साहब अचकचाकर पीछे हटे। बुल्ले साह ने पेटी में हाथ डाला, जैसे सँपेरा अपनी 'मउनी' में हाथ डाल रहा हो। उसने एक चमचमाता-सा उस्तरा उठाया। ठाकुर साहब एक तलवार उठाने के लिए एक पहलवान के पास चले गए। तब तक बुल्ले साह ने 'खर्र' से अपनी मूँछें छील डालीं, "बस हो गया, न?" उसने मुस्कुराकर ठाकुर साहब की ओर देखा।

ठाकुर साहब अगबग देखते ही रह गए। उन्हें जैसे काठ मार गया। हाथ की तलवार झन्न से नीचे गिर गई। धीमे गले से बोले वह, "जब यही करना था, तो तुमने इतनी बड़ी तैयारी क्यों करवाई?"

"तैयारी तो आपने मुझसे पूछकर की नहीं और न मैं इसके लिए कहने गया था।"

ठाकुर साहब साहूकार के चारों बेटों की ओर देख रहे थे, जिनके हाथ में उन्होंने बाकी जमीन दे डाली थी। चारों बेटे बाप की बुद्धि पर अवाक् थे।

पहलवानों के हाथ की खुजली अनमिटी ही रह गई। उन्होंने पूछा, "यह लड़ाई तो बिना लड़े ही खत्म हो गई, ठाकुर साहब! अब हम क्या करें?"

क्या बोलते ठाकुर साहब, हाथ मलते खड़े रहे।

कहा लेकिन बुल्ले साह ने, "करोगे क्या? हमारे साथ रहो। आगे भी तुम्हारी जरूरत पड़ सकती है। माना कि मैंने मूँछें कटवा डालीं, लेकिन हमारे अलावा कोई तीसरा भी तो मूँछवाला खड़ा हो सकता है। ठाकुर साहब ने जब सारी जमीनें दे डालीं, तो इनकी मूँछ ऊँची रखने का जिम्मा मेरा ही बनता है। पहले भी इनकी मूँछ का सहारा मैं था, आगे भी रहूँगा," कहकर बुल्ले साह ने अपने बेटों से कहा, "अब तुम लोग खड़े-खड़े मुँह क्यों ताक रहे हो? यहाँ की दौलत की देख-रेख मैं ठाकुर साहब के संग कर लूँगा। तुम लोग दिसावर को निकलो।"

उसी वक्त साहूकार के चारों बेटे धरती की चारों दिशाओं की ओर निकल पड़े।

ठाकुर साहब उन्हें जाते हुए देखते रहे। उनकी मूँछ तेजी से हिल रही थी। उनके चेहरे पर फकत मूँछ ही मूँछ दिखलाई पड़ रही थी।

खतम हुआ मूँछों का किस्सा—भला लगे सो सब पंचन का, बुरा लगे सो मेरा हिस्सा, वह कथाकार चला गया, किस्से का कर्ज छोड़...वही सुनाया मैंने पाई-पाई ब्याज जोड़...

[अगस्त, 1991 में 'हंस' में प्रकाशित]

राजमार्ग पर

मिथिला के राजकर्मचारी उरुमार्ग एवं छोटे-छोटे राजपथों को नियंत्रित करने में लगे हुए थे। उरुमार्ग को पथचारियों तथा भारवाही शकटों से रिक्त करवाया जा रहा था। राजा जनक अपनी साज-सज्जा के साथ इसी मार्ग से प्रस्थान करनेवाले थे। उरुमार्ग के दोनों ओर पर असंख्य पथचारी रुके पड़े थे। शकटविनीतकों को नगर के बाह्य-पथ से निकल जाने का आदेश दिया गया था। पथचारियों को उपपथों से जाने का बारम्बार निर्देश दिया जा रहा था। कुछ लोग जा भी रहे थे, परन्तु बहुत-से इस आशय से खड़े थे कि समीप जाने के लिए इतना घूर्मित मार्ग क्यों चुना जाए। राजा के प्रस्थान कर जाने तक सबको अपने आवश्यक कार्य छोड़कर जहाँ-का-तहाँ रुकना पड़ रहा था। पथचारी चिन्तित होकर प्रतीक्षा कर रहे थे कि कब राजा का रथ निकले और कब वे भी अपने-अपने गन्तव्य तक पहुँचें। राजा के आगमन में विलम्ब हो रहा था, लोग उचक-उचककर उस दिशा में देख रहे थे, जिधर से राजा को आना था। अनेक महत्त्वपूर्ण कार्य रुके जो पड़े थे। किसी को घर जाना था तो किसी को हाट तक, किसी को गुरुकुल जाना था तो किसी को वैद्य के पास। कई लोग व्याकुल होकर उरुमार्ग पर डग बढ़ा लेते, किन्तु पथ-रक्षक उन्हें शीघ्रता से पीछे हटा देते थे। अपने कर्तव्यपालन में निष्णात पथरक्षक चारों ओर वेष्ट[1] बनाकर खड़े थे।

1. वेष्ट—घेरा

अन्ततः जब धैर्य चुक गया, तो एक ठिंगना-सा काला-कलूटा व्यक्ति पथरक्षकों का वेष्ट भंग कर उरुमार्ग पर निकल आया। पथरक्षकों ने उसे रोका तो वह नकार गया। राजकर्मचारी भी उसे समझाने लगे, "बस कुछ समय तक धैर्य रखें, महानुभाव!...राजा आने ही वाले हैं।"

वह व्यक्ति बोला, "राजा जब आएँगे...तब आएँगे। हमें क्यों रोका जा रहा है।"

"यही राजनियम है, पथिक!" एक वरिष्ठ राजकर्मचारी ने कहा, "राजयज्ञ होने जा रहा है न! उसी में भाग लेने के लिए दूर-दूर से विद्वज्जन पधारनेवाले हैं। इसीलिए ऐसी व्यवस्था ली गई है।"

"मैं भी राजयज्ञ में भाग लूँगा।" वह व्यक्ति बोला, "मैं भी विद्वान हूँ। मुझे तो जाने दिया जाए।"

"कृपया, निमंत्रण-पत्र दिखलाएँ।" राजकर्मचारी ने विनम्रता से आग्रह किया।

"विद्वानों के लिए उसकी आवश्यकता नहीं पड़नी चाहिए। उनकी विद्वत्ता ही निमंत्रण-पत्र है।" कहकर उस व्यक्ति ने अपना थोड़ा-सा परिचय दिया, "अब जाने दें।"

"हम तो केवल आज्ञापालक हैं, महाशय!" राजकर्मचारी ने अपनी विवशता प्रकट कर दी, "कैसे जाने दें?"

मध्यमार्ग में अभी वाद-विवाद चल ही रहा था कि मिथिला नरेश का रथ आ पहुँचा। सारथी को अश्व की वल्गा एकाएक खींचनी पड़ी। अबाध मार्ग पर तीव्र गति से दौड़ता रथ चरमराहट के साथ रुक गया। राजा ध्वज-स्तम्भ से टकराते-टकराते बचे। मुकुट खिसककर आँखों पर आ गया। हठात् आए इस अवरोध का उन्होंने कारण जानना चाहा।

"महाराजाधिराज! एक पथचारी हमारा वेष्ट भंग कर मार्ग पर चलना चाहता है।" राजकर्मचारी दौड़कर आया और बताने लगा।

"क्यों, उसे यातायात नियमों से अवगत नहीं करवाया गया है? प्रजाजनों को परिरथ्या[1] से जाने को नहीं कहा गया है?"

---

1. *परिरथ्या*—गली

"कहा गया है, महाराज!...उसे तो राजनियम भी ज्ञात हैं। वह यज्ञ में सम्मिलित होना चाहता है। यद्यपि उसे विधिवत निमंत्रित नहीं किया गया है।"

"कौन है वह दुस्साहसी! जो सब कुछ जानकर भी मध्यमार्ग में अड़ा हुआ है?" राजा तनिक रोष में बोले।

"महाराज! वह उद्दालक कुमारी सुजाता और कहोड ब्राह्मण का पुत्र अष्टावक्र है।" एक अन्य राजकर्मचारी ने उस व्यक्ति का पूरा परिचय दिया।

"वही कहोड जो हमारे राजगुरु बन्दी से शास्त्रार्थ में पराजित हुए थे? किन्तु वे तो बड़े ही सज्जन पुरुष थे। राजनियमों के सम्मान में ही उन्होंने पराजय के उपरान्त जल में डुबाया जाना स्वीकार किया था...उनका ही पुत्र राजनियमों के विरुद्ध इस भाँति मार्ग में अड़ा हुआ है?" राजा किंचित् अविश्वास से बोले।

"मार्ग में अड़ जाने का इसे जन्मजात संस्कार मिला हुआ है, राजन!" वह राजकर्मचारी बताने लगा।

"यह बड़ा ही अनम्य और हठी है। यह जब अपनी माँ के गर्भ में था, तभी इसने अपने पिता का तिरस्कार कर दिया था।"

"क्यों?" राजा को जिज्ञासा हुई।

"इसके पिता कहोड बुद्धिजीवी थे। सर्वदा पठन-पाठन में लीन रहनेवाले। जैसा कि बुद्धिजीवियों के साथ होता है : कहोड अपनी पत्नी सुजाता की समुचित देखभाल नहीं कर पाते थे। गर्भधारण कर लेने पर तो वह उपेक्षिता बहुत ही दुर्बल हो चली थी। फलस्वरूप गर्भस्थ शिशु ने टोक दिया, 'हे निष्ठुर पिता! जिस कार्य के लिए तुम अपनी समर्पिता पत्नी और भावी पुत्र की निरन्तर उपेक्षा कर रहे हो, उस कार्य को भी ठीक से नहीं साध पाते। तभी से ऋचाओं का अशुद्ध उच्चारण सुन रहा हूँ।'"

"गर्भ में ही शुद्धता-अशुद्धता का ज्ञान था इन्हें!" राजा जनक आश्चर्यचकित होकर दूर खड़े अष्टावक्र को देखने लगे। वह तनिक द्रवित भी हुए, "लगता है कष्ट और कुपोषण से ही इनके अंग-प्रत्यंग टेढ़े हो गए हैं।"

"ऐसा नहीं, महाराज!" वह कर्मचारी बोला, "तिरस्कृत कहोड ने व्यथित

होकर शाप दे डाला, 'अरे, तू अभी गर्भाशय के अन्दर जरायु-बन्धनों से जकड़ा इतने टेढ़े वचन बोल रहा है, तो बाहर आने पर क्या करेगा! जा तेरे आठों अंग टेढ़े हो जाएँ।' इसके पश्चात् तो यह दुर्विनीत अपनी माँ के कुक्षिमार्ग पर ही अड़ गया और धृष्टता के साथ बोला, 'हे निष्ठुर पिता! तुमने मेरी अभागिनी माता के साथ दो ही सम्बन्ध रखे...एक तो उसके हाथ का बना अन्न खाने और दूसरे उसका तन भोगने का...तो लो अब मैं कभी बाहर नहीं निकलूँगा और तुम्हें सदा-सर्वदा के लिए रति-सुख से भी वंचित कर दूँगा।' अब जाकर कहोड को आवेश में दे डाले गए शाप का भान हुआ—वह पश्चाताप करने लगे, 'हे अजन्मे शिशु! इस हठ से तुम्हारी माता को ही पीड़ा होगी। क्रोध त्यागो...यद्यपि मेरे पास धन-धान्य नहीं है, तथापि राजा एवं श्रेष्ठियों से द्रव्य-याचना करके भी तुम लोगों की देखभाल करूँगा...मैं यज्ञोपवीत स्पर्श करके वचन देता हूँ। अब तुम भी बाहर निकलने का वचन दो। उचित अवसर आने पर मैं तुम्हें शापमुक्ति का विधान भी बता दूँगा।' प्रबल आश्वासन के पश्चात् ही उसने अपना हठ त्यागा और गर्भकारा की पूरी अवधि व्यतीत होने पर बाहर आया। तभी से इसकी भुजाएँ, पाँव, पीठ, मस्तक, नेत्र, कान, नासिका एवं मुखादि टेढ़े हैं, किन्तु बुद्धि और मेधा इसकी बहुत ही प्रखर है, राजन।"

यह वृत्तान्त सुनकर मिथिला नरेश को इस अद्भुत व्यक्ति से मिलने की कामना हुई। रथ से नीचे उतरकर स्वयं उसकी ओर बढ़े। वह व्यक्ति भी मंडूक की भाँति उछलता हुआ राजा के समीप चला आया। वक्रकाय होने पर भी वह उद्ग्रीव खड़ा हो गया। जनक ने उसको ध्यानपूर्वक देखा...उसमें कहीं से कोई आकर्षण नहीं था। केवल विचित्रता ही विचित्रता थी। काला-कलूटा, ठिंगना, टेढ़े अंग-प्रत्यंग, वय भी अल्प, किन्तु नेत्रों में ज्ञान की गहराई और संकल्पों का ओज। राजा ने मर्यादा के अनुरूप गम्भीर रहकर कहा, "विप्रवर! आपके विषय में सब कुछ विदित हो चला है। पिता की अवमानना करते-करते आप राजा की भी अवहेलना करने लगे हैं!"

"राजा भी प्रजा की अवहेलना कर रहे हैं।" उस व्यक्ति ने निश्शंक होकर

कहा, "यह उरुमार्ग प्रजा के सहयोग एवं श्रम से निर्मित है, किन्तु आज उसे ही चलने से रोक दिया गया है। राजा को अपनी सुख-सुविधा का उपभोग करने में विलम्ब न हो, किन्तु प्रजा निदाघ में खड़ी-खड़ी कष्ट सहती रहे..."

"विप्रदेव! आप लगते तो विद्वान हैं।" राजा बोले, "राज नियम कुछ सोच-समझकर ही बनाए जाते हैं। यह तो जानते ही होंगे कि उनका उल्लंघन दंडनीय होता है।"

"महाराज जनक!" वह अनाकर्षक व्यक्ति कर्कश स्वर में बोला, "राजनियमों के निर्माण का एकमात्र उद्देश्य होता है कि राष्ट्र के समस्त कार्य सुचारु रूप से चल सकें। राष्ट्र के समस्त कार्यों में प्रजा के निजी कार्य भी आते हैं, जिनके करने से ही राष्ट्र एवं राजा दोनों का अस्तित्व सम्भव है। यदि प्रजा ने अपना दैनन्दिन कार्य बन्द कर दिया अथवा ऐसा करने के लिए वह बाध्य कर दी गई तो भला किस राजनियम का पालन हो सकेगा? तब कौन-सी व्यवस्था चल सकेगी? यह कैसा राजनियम है कि एक व्यक्ति के प्रस्थान करने के लिए अनगिनत प्रजाजनों को अपने काम-धन्धे छोड़कर घड़ियों खड़ा रहना पड़े? चाहे इसके चलते कितने भी आवश्यक कार्य निलम्बित क्यों न हो जाएँ।" अष्टावक्र ने निर्भीक होकर राजा जनक को बहुत उचित-अनुचित भी कहा।

"महानुभाव अष्टावक्र! आपके कथन में औचित्य है। पर राजा राष्ट्र-प्रमुख होता है। उसे बहुत-से कार्य निबटाने पड़ते हैं। अतएव राजा को मार्ग पहले मिलना चाहिए। यदि राजा भी सामान्य जनों की भाँति चलने लगे तो उसे कहीं जाने में ही प्रहर बीत जाए...तो वह निर्णय कब करेगा? राज-काज के निमित्त अवसर कब निकालेगा?" जनक ने कहा।

"राजन! यदि सामने से अन्धे, स्त्री, भारवाहक, रोगी, बालक और मत्त पशु चले आ रहे हों, तो राजा को भी चाहिए कि उनका मार्ग छोड़ दे। मेरी समझ से आवश्यक कार्यों को रोकनेवाले नियम और कुछ नहीं, शासन के स्वेच्छाचार-भर हैं। वैसे भी कार्य-समय की हानि राजकोष को भी दुर्बल बनाती है।"

जनक को यह बात उचित लगी। उन्होंने क्षमा याचना के स्वर में कहा,

"अष्टावक्र महोदय! मेरी शोभा-यात्रा के कारण समस्त प्रजाजनों को हुई असुविधा के लिए मुझे खेद है।" शीघ्र ही जनक ने वरिष्ठ राजकर्मचारी को आदेश दिया, "वेष्ट उठवा लिया जाए। अब से ऐसी घोषणा करवा दी जाए कि राजा के प्रस्थान के लिए मार्ग रिक्त न करवाए जाएँ। सामान्य पथचारियों की भाँति वे भी चला करें।"

उन्होंने अष्टावक्र से पूछा, "महात्मन! आप किधर पधार रहे हैं?"

"आप ही के यज्ञ समारोह में।"

"किन्तु वहाँ तो बड़े-बड़े आधिकारिक विद्वान ही भाग ले सकेंगे।"

"राजन! मुझे भी उन्हीं में से एक जानो। आधिकारिक विद्वानों के मस्तक पर कोई विशेष चिन्ह तो होता नहीं।"

"एक चिन्ह तो यही है कि ज्ञान के ताप से तपकर उनके केश धवल हो गए हैं। वे वयोवृद्ध ज्ञानसिद्ध भी हैं।"

"कपास की भाँति श्वेत केश ही विद्वत्ता के परिचायक नहीं होते, राजन! कपास की तूली के विशाल गट्ठर को छोटी-सी अग्नि-कणिका भी जला सकती है। मनुष्य को आयु के नहीं, ज्ञान के वृद्धत्व से एवं केश की नहीं, चरित्र की धवलता से आँकना चाहिए...कहा गया है वृद्धत्व जरसा विना...मैं आपके राजगुरु बन्दी से भी शास्त्रार्थ कर सकता हूँ।"

"कहते तो उचित प्रतीत होते हैं, किन्तु आप सम्भवत: उनसे परिचित नहीं हैं। आपको विदित होना चाहिए कि उनसे पराजित होनेवाला जल में डुबोया जाता है।" विदेह राज ने बताया।

"मुझसे अधिक उनके विषय में कौन जानता है, मिथिलेश!" अष्टावक्र की आँखों में पीड़ा उबल पड़ी, "मेरे पिता उसी बन्दी के हाथों परास्त होकर जल में डुबोए जा चुके हैं।...एक प्रकार से राष्ट्र के समस्त स्वाधीनचेता और उनके स्वतंत्र विचार बन्दी के हाथों बन्दी बने हुए हैं। मुझे इनको मुक्त कराना है। कृपया, आप मुझे यज्ञ में जाने की अनुमति दे दें, अन्यथा आपके राजकर्मचारी, अनुचरगण वहाँ भी मुझे रोकने लगेंगे।"

"वह नियम तो उठा लिया गया।" राजा बोल पड़े। उनको इस ब्राह्मण से सहानुभूति-सी होने लगी। यदि यह भी बन्दी से पराजित हो गया तो अपने पिता की भाँति इसे भी जल में डूबना पड़ेगा...पूर्णत: वंशोच्छेद हो जाएगा। वह बोले, "विद्वान ब्राह्मण! आपकी विद्वत्ता पर मुझे अब भी सन्देह हो रहा है।"

"परीक्षा ले लें, महाराज!"

"अच्छा, यह तो बताइए कि वह कौन है जो सोते समय भी नेत्र खुला रखता है, वह कौन है जो औरों का हृदय विदीर्ण कर सकता है, किन्तु स्वयं उसके हृदय नहीं होता, वह क्या है, जिससे जीवन तो है, किन्तु चल-फिर नहीं सकता, वह क्या है, जिसे चीर देने से भी वह वेगवान रहता है?"

"राजन! मीन सोते समय भी नेत्र बन्द नहीं करता, पत्थर किसी का हृदय विदीर्ण कर सकता है, किन्तु उसको हृदय नहीं होता, अंडे में जीवन तो है, किन्तु वह चल-फिर नहीं सकता, नदी के जल को चीर देने पर भी वह वेगवान होता है।" अष्टावक्र ने बिना अटके उत्तर दे दिया।

"अच्छा, वह कौन है जो खड़े-खड़े भी सो लेता है?"

"राजन! अश्व खड़े-खड़े भी सो लेता है।"

"वह कौन है, जो ग्रीवा घुमाए बिना पीछे देख लेता है?"

"महाराज! वह कारंडव[1] है, जो ग्रीवा घुमाए बिना पीछ देख लेता है।" जनक ने इसी प्रकार के कई और प्रश्न पूछे, जिनके अष्टावक्र ने सही-सही उत्तर दे दिए। अन्ततः जनक ने उन्हें यज्ञ-सभा में जाने की अनुमति दे दी।

यज्ञ-सभा में भाँति-भाँति के विद्वान...सिद्धान्ती, वेदान्ती, कर्मकांडी, वाग्मिन आदि अपने-अपने आसन पर विराजमान थे। उनके ज्ञानदीप्त नेत्र त्रिलोक के रहस्य को भेदने में समर्थ थे। जड़, जीव, माया और जगत के समस्त प्रचोदित ज्ञान उनके मस्तिष्क में अँटे पड़े थे। इन सब में प्रमुख थे बन्दी। उन्होंने नियम

1. *कारंडव*—एक प्रकार की बतख

बना रखा था कि इस सभा में वही विद्वान आसन पा सकता है, जिसने बन्दी की विचारधारा को आत्मसात् कर लिया हो। न माननेवालों के लिए भी एक मार्ग था कि वे बन्दी से शास्त्रार्थ करें और इस प्रक्रिया में जो पराजित हो, उसे जल में डुबो दिया जाए। इस समय सभा में उपस्थित सभी विद्वानों ने बन्दी की विचारधारा को आत्मसात् कर लिया था। बन्दी अभी तक पराजित नहीं किए जा सके थे। फलस्वरूप उनके विपक्षी ही जल-समाधिस्थ हुए थे...जिनमें से एक थे इन्हीं अष्टावक्र के पिता कहोड। गर्भस्थ शिशु से तिरस्कृत होकर वह प्रसवकाल में पड़ी अपनी पत्नी सुजाता की देख-रेख के निमित्त राजा सीरध्वज जनक के पास कुछ द्रव्य-याचना के लिए आए थे, तभी बन्दी ने उन्हें शास्त्रार्थ के लिए आमंत्रित कर लिया था।

सभा में विराजमान ध्यानमग्न विद्वज्जनों के श्वेत बरौनियों से युक्त अर्द्ध उन्मीलित नेत्र नासिकाग्र पर केन्द्रस्थ थे। ज्योंही अष्टावक्र ने यज्ञ मंडप में प्रवेश किया कि विद्वानों का ध्यान एकाएक भंग हुआ एवं उनकी दृप्त दृष्टि इस बेढंगे प्राणी पर पड़ी। अष्टावक्र फुदक-फुदक कर चल रहे थे। न केवल इतना, वह जब बोलते थे; तो मुख और नेत्र की दिशाएँ अलग-अलग हो जाती थीं, हाथ अन्यत: इंगित करते थे, क्षीण कटि पर आगे की ओर उभरा किसी औंधे घट की भाँति उदर। सर्वदा गम्भीर रहनेवाले इन विद्वानों ने अष्टावक्र को देखकर वितृष्णा से उज्रृंभणा[1] ली और नहीं रुक पाने पर हास्य बिखेर दिए। अपमान से दग्ध हो उठे अष्टावक्र। उन्होंने पावस-पयोद की भाँति गर्जन करते हुए कहा, "लगता है मैं यज्ञ-सभा के बदले किसी श्वान-सभा में आ गया हूँ। हे उदरम्भरि[2] विद्याविलासिन! रक्त एवं मांस-मज्जा में तो केवल कुकुरों को ही रुचि हुआ करती है। उन्हीं की भाँति ऊँघते हुए आप लोग मेरी शारीरिक संरचना को देखकर परिहास कर रहे हैं। कुछ समय पश्चात् ही आप मेरी वास्तविकता को जान जाएँगे। आपके प्रमुख धर्मध्वज बन्दी कहाँ हैं? अब आप लोगों से क्या मुँह लगूँ! उन्हें ही बुलाइए..."

1. *उज्रृंभणा*—जम्हाई,
2. *उदरम्भरि*—पेटू, स्वार्थी

सारे विद्वान अवाक् रह गए। सीरध्वज जनक भी चले आए। उन्होंने अष्टावक्र को एक बार और समझाया, "पंडितराज बन्दी सोए हुए सिंह के समान हैं, उन्हें न छेड़ना ही श्रेयस्कर है।"

"सोया हुआ सिंह तो बड़ा दयनीय होता है, राजन! उन्हें कहें कि वे यहाँ आकर दहाड़ें।" अष्टावक्र अपने स्थान पर दृढ़ थे।

बन्दी तक सन्देश पहुँचाया गया। शास्त्रार्थ तो उनके लिए क्रीड़ा मात्र था। वह उपस्थित हुए और मेघरव में बोले, "असमय काल के गाल में जाने को इच्छुक कुरूप ब्राह्मण! शास्त्रार्थ की नियमावलि भली-भाँति जान ले...कोई एक-दूसरे के कहे हुए को दुहराएगा नहीं..."

"ऐसा ही होगा।"

"तो शास्त्रार्थ का परिणाम भी जान ले..." तनिक उत्तेजित होकर बोले बन्दी, "पराजित होनेवाला जल में डुबोया जाएगा।"

"स्वीकार है।" अष्टावक्र बोल पड़े, "आप कहीं से...किसी एक विषय से प्रारम्भ करें।"

रंचमात्र के लिए अचकचा-से गए बन्दी। अब तक समस्त मिथिला नगरी में किसी का ऐसा साहस नहीं हुआ था जो बन्दी को शास्त्रार्थ के लिए प्रचार सके। बन्दी शास्त्रार्थ करते थे तो अपने ही किसी वाद पर। प्रतिपक्षी जब तक उस पर कुछ चिन्तन-मनन का अवसर निकाल पाता; तब तक वह अगली प्रतिपत्ति प्रस्तुत करके उस व्यक्ति पर भारी पड़ जाते थे। शास्त्रार्थ में वह ऊँचे स्वर और आक्रामक शैली का व्यवहार करते थे। उनसे भिड़नेवाला प्राय: कोई याचक या दीन-हीन विद्वान होता था, जो अपनी ही दीन-दशा से भाराक्रान्त होकर आत्मविश्वास त्याग बैठता था और अभिरक्षा की मुद्रा में आ जाता था। प्रथम बार कोई ऐसा प्रतिभट मिला था, जो किसी याचना अथवा लाभ-लोभ के वश में नहीं, वरन् प्रतिचिकिर्षु होकर बन्दी से अभिमुख होकर, आँखें मिलाकर बात कर रहा था।

"तुमने 'एक' कहा तो मैं यहीं से प्रारम्भ करता हूँ, यदि 'शून्य' कहते तो मैं शून्य से ही प्रारम्भ करता।" बन्दी ने अपनी विद्वत्ता का प्रदर्शन किया,

"एक...तो सुनो, आत्मा एक है, ब्रह्म एक है, सभी प्राणियों में प्राण एक है, अर्थात् सृष्टि में एक का ही महत्त्व है।"

"स्त्री और पुरुष दो हैं, जड़ और चेतन दो हैं, स्वर्ग और नरक दो हैं, जन्म और मृत्यु दो हैं, दिन और रात दो हैं, अर्थात् सृष्टि में दो का भी महत्त्व है।" अष्टावक्र ने तत्क्षण उत्तर दिया।

"आकाश-पाताल-पृथ्वी लोक तीन हैं, सत-रज-तम गुण तीन हैं, कफ-वात-पित्त दोष तीन हैं, मन-वाणी-कर्म दंड तीन हैं, अर्थात् सृष्टि में तीन का ही महत्त्व है।" बन्दी ने कहा।

"ऋक्-यजु-साम-अथर्व वेद चार हैं, उत्तर-दक्षिण-पूर्व-पश्चिम दिशा चार हैं, बाल-किशोर-युवा-वार्धक्य अवस्था चार हैं, अर्थ-धर्म-काम-मोक्ष वर्ग चार हैं, अर्थात् सृष्टि में चार का भी महत्त्व है।"

एवं प्रकार से दीर्घ काल तक शास्त्रार्थ चलता रहा। बन्दी विषम संख्या की महत्ता बताते तो अष्टावक्र फट उसमें एक जोड़कर सम संख्या की महत्ता भी बता देते। बन्दी और अष्टावक्र की निष्पत्ति और शैली में भी अन्तर था। बन्दी 'का ही महत्त्व है' पर बल देते थे, जबकि अष्टावक्र 'का भी' पर। अन्त में तेरह पर आते-आते बन्दी को ठहर जाना पड़ा। उनके आधे श्लोक कहते-न-कहते अष्टावक्र ने श्लोक पूरा कर दिया। बन्दी चुप हो गए...उनकी भृकुटि तन गई... स्वेद कण चुहचुहा जाने से ललाट पर का अर्द्धचन्द्राकार त्रिपुंड त्रिकुटि तक पसर आया...किन्तु अष्टावक्र धाराप्रवाह बोलते रहे। बन्दी ने हाथ जोड़ लिये।

सारे विद्वान हतप्रभ थे। तो क्या अजेय-से लगते बन्दी केवल प्रघटाविद[1] थे। बन्दी को नतमस्तक देखकर अब अष्टावक्र की जय-जयकार होने लगी तो उन लोगों ने भी उसमें अपना स्वर मिला दिया। कभी उपहास दृष्टि भी न डालनेवाली सुनरियाँ अष्टावक्र पर मोहित दृष्टि के साथ सुगन्धित पुष्प छिड़कने लगीं।

अन्तस में आनन्दित होते हुए भी अष्टावक्र ने किसी भी सुनरी के प्रति

---

1. *प्रघटाविद*—ऊपर-ऊपर ज्ञान रखनेवाला पल्लवग्राही

तनिक भी रुचि न दिखाई और न बन्दी के प्रति दया। वह जनक से बोले, "राजन! अब धर्मध्वज बन्दी को जल में डुबो दिया जाए।"

"वही होगा, महात्मन!" जनक बोले, "बन्दी अपने ही नियम की दुर्गति को प्राप्त होंगे।"

लज्जामग्न बन्दी बोल पड़े, "महाराज जनक! डुबोए जाने से मुझे रंचमात्र भी डर नहीं...मैं तो वरुण का ही पुत्र हूँ। इसी के मिस मैं अपने पिताश्री से भेंट भी कर लूँगा।"

"केवल उन्हीं से क्यों! मेरे पिता से भी भेंट कर लीजिएगा...वह भी तो व्याकुल होंगे आपसे मिलने के लिए..." इषत् हास के साथ बोले अष्टावक्र, "अब विलम्ब क्यों? वरुण के पुत्र को उनके अंक में दे दिया जाए।" बन्दी को पकड़कर ले जाया गया और हाथ-पाँव-गले में भारी पत्थर बाँधकर उन्हें गहरे जल में डुबो दिया गया।

लगा कि व्योम मंडल में इसके पूर्व डुबोए गए विद्वानों की आत्माएँ उतर आई हों। आकाशवाणी होने लगी, "धन्य हो अष्टावक्र! जिस कार्य को अब तक किसी ने नहीं किया, यहाँ तक कि मैं भी नहीं कर सका, उसे मेरे पुत्र ने कर दिखाया!"

अनमने-से हो उठे अष्टावक्र। आभास हुआ कि यह तो मेरे पिता की वाणी है। डुबोए जाते बन्दी की घिघियाहट और छटपटाहट को देखा था अष्टावक्र ने। इसी प्रकार मेरे पिता भी तो तड़पे होंगे! अष्टावक्र सोचमग्न हो चले। लगा कि उनके कान में कोई कुछ कह रहा है—"पुत्र! यद्यपि मैं तुमसे कुछ कहने का अधिकारी नहीं हूँ, तथापि मैंने तुम्हें विकलांगता से मुक्त होने का उपाय बताने का आश्वासन दिया था। उसे सुनो...यहाँ से तनिक दूर एक नदी बहती है। उसका नाम है समंगा...तुम वहाँ जाओ। कुछ काल तक समंगा के उपोद्बलक[1] जल में स्नान करो...तुम्हारे टेढ़े अंग ठीक हो जाएँगे।"

---

1. *उपोद्बलक*—पुष्ट करनेवाला

राजा जनक अष्टावक्र के समक्ष करबद्ध खड़े थे, "कहाँ समाधिस्थ हो गए, महानुभाव! पद रिक्त नहीं रहना चाहिए। आपसे निवेदन है कि राजगुरु के पद को सुशोभित करें। प्रत्याशा है, आप अपने सदुपदेशों से मुझे भविष्य में भी मार्गस्थ करते रहेंगे।"

अष्टावक्र को संकोच हो रहा था। किन्तु जनक के साथ-साथ उन्हीं विद्वानों ने, जिन्होंने यज्ञ-सभा में इनका उपहास उड़ाया था, इन पर दबाव डालकर अष्टावक्र का राजगुरु के रूप में अभिषेक कर दिया।

इसी बीच बन्दी का आवास उनके परिजनों से रिक्त करवाया जा चुका था। उसी आवास में नए राजगुरु अष्टावक्र का प्रवेश हुआ।

अब अष्टावक्र अपनी अवांछित विकलांगता से शीघ्र मुक्ति पा लेना चाहते थे। उन्होंने जैसे ही समंगा तट तक जाने की इच्छा प्रकट की वैसे ही मिथिलेश जनक ने उनके सामने एक सुन्दर रथ खड़ा करवा दिया। रथ में चार-चार द्रुतवेगी श्यामकर्ण अश्व जुते हुए थे, चाँदी से मढ़े जिनके खुर पृथ्वी का स्पर्श करते ही पवन के साथ अठखेलियाँ करने लगते थे। "राजगुरु! अब आप इस पर आरूढ़ होकर जहाँ चाहें वहाँ जाएँ।"

पिता के कहे अनुसार अष्टावक्र ने समंगा नदी में स्नान किया। सचमुच उनका गात्र सममित और सुडौल हो गया। वर्ण भी निखर आया। प्रोल्लसित अष्टावक्र ने समंगा के निर्मल जल में स्वयं को बहु काल तक देखा...थक जाने तक संतरण किया...कूल से कई बार उछालें मारीं। प्रचुर आत्मविश्वास भरा आ रहा था उनके भीतर। कितना दिव्य, कितना चक्षुष्य लग रहा था यह परिवर्तित रूप! वह पुराना रूप वास्तव में घृण्य था। अपना न होता तो उन्हें भी हँसी आ जाती इस गडुर शरीर पर। 'उन्हें क्षमा कर दूँगा, जिन्होंने मेरा उपहास किया था।' सोचा अष्टावक्र ने। वह कई कोणों से अपने को जल-मुकुर में देखने लगे। अरे! ये हाथ-पाँव पुनः टेढ़े कैसे हो गए? वह उद्विग्न हो उठे। तो क्या यह कायाकल्प क्षणिक था? समंगा पर क्रोध भरी दृष्टि डाली। कल-कल बहती समंगा की सतह पर वायु अठखेलियाँ कर रहा था एवं तरंगित चटुल वीचियों के

कारण उनका प्रतिबिम्ब अपवर्तित होकर टेढ़ा लग रहा था। मन-ही-मन वीचियों पर हँस पड़े वह। कम्पायमान जल में उन्हें एक और प्रतिबिम्ब दिखलाई पड़ने लगा...कुछ-कुछ गोपन, कुछ-कुछ परिचित-सा। उन्होंने आगे-पीछे देखा। कहीं तो कोई नहीं था। तब यह किसकी छवि है! शफरी मछली की भाँति फरफराती हुई...मनोहर...कुन्द दन्त सुमुखी छवि! शीघ्र समझ आई...पुष्पवृष्टि करती सुनरियों में से एक की छवि थी वह। पलकें मूँदकर उस छवि को बन्द कर लेना चाहा उन्होंने। अब विवाह कर लेना चाहिए। सम्पुट पलकों को खोल लिया अष्टावक्र ने। विकलांगता के साथ-साथ पुरानी दुःखद अनुभूतियों को भी वह समंगा में विसर्जित करने लगे। वदान्य ऋषि की एक गौरिका रूपवती कन्या के विषय में उन्होंने सुन रखा था। पितृऋण शोधने के लिए उसका ही पाणिग्रहण करना चाहिए...किन्तु हाँ, पिता की भाँति उसकी उपेक्षा नहीं...उस कन्या की स्मृतिमात्र से रोमांचित हो गए अष्टावक्र।

आज नहीं तो कल तड़के वदान्य ऋषि के आश्रम में जाऊँगा...किन्तु इसके पूर्व एक और महत्त्वपूर्ण कार्य शेष है। अब तक मैंने जो कुछ भी शास्त्रार्थ में कहा है या अन्य अवसरों पर जो चिन्तन-अनुचिन्तन किया है, उसे किसी संहिता में संकलित कर लेना चाहिए। गार्हस्थ्य-धर्म में प्रवेश कर जाने पर पता नहीं समय मिले या न मिले। क्या पता सांसारिक झंझटों में व्यस्त हो जाने पर वे अमूल्य विचार कहीं विस्मृत न हो जाएँ! कार्यभार से आविष्ट होकर वह रथ पर चढ़कर अपने आवास की ओर लौट पड़े।

मार्ग में उन्हें अटक जाना पड़ा। नगर के आबाल-वृद्ध-नर-नारी उरुमार्ग पर निकल आए थे। यज्ञ-सभा के उस सम्फेट[1] का समाचार विद्युल्लेखा की भाँति चतुर्दिक फैल चुका था। बन्दी की पराजय और उसकी समाप्ति ने प्रजाजनों के बीच अदम्य उत्साह का संचार कर दिया था। जनक के यहाँ आए दिन होते रहनेवाले यज्ञ-समारोहों के चलते प्रजा को आवागमन में जो असुविधा उठानी पड़ती थी, उससे मुक्ति तो मिली ही, बन्दी के कठोर आचार-विचार

1. *सम्फेट*—मुठभेड़, विशेषकर दो क्रुद्ध व्यक्तियों के बीच

से भी त्राण मिला। इसके पूर्व राष्ट्र के कई संस्था-प्रमुख या विद्वान व्यक्ति राजा के यहाँ द्रव्य-याचना के लिए जाते थे; तो बन्दी उनकी अकारण परीक्षा लेने लगता था। जो उसकी विचारधारा को मानता था, उसे सहायता मिलती थी और जो न मानता था उसे वह शास्त्रार्थ में पराजित करके जल में डुबवा देता था। प्रसन्नता के अतिरेक में प्रजाजन ढोल-मँजीरे बजाते हुए नाच-कूदकर एक-दूसरे पर अंगराग उड़ेल रहे थे। स्नान करके लौटते अष्टावक्र के ऊपर कुछ अंगराग उड़कर जा पड़े। अष्टावक्र शीघ्रातिशीघ्र निकल जाना चाहते थे, किन्तु जनसंकुल पथ पर उनका रथ पिपीलिका गति से घिसटने लगा। उन्होंने सारथि को संकेत किया। वह दाएँ-बाएँ अनथक प्रयत्न करने लगा, पर रथ निकाल ले जाने-भर का मार्ग नहीं मिल पा रहा था।

अष्टावक्र ने सारथि से कहा, "तुम नीचे उतर जाओ। धूम-यात्रा में निकले नागरिकों को समझा-बुझाकर मार्ग रिक्त करवा लो।"

सारथि भी यही चाहता था। प्रभंजन-प्रवाह से प्रतियोगिता करनेवाले अश्वों की वल्गा खींचते-खींचते उसकी हथेलियाँ दुखने लगी थीं। वह नागरिकों को समझाने लगा। सामने के जिन लोगों से वह कहता, उतने लोग तो हट जाते, किन्तु उससे भी कई गुना लोग मार्ग पर उमड़ आते।

अष्टावक्र का ललाट स्वेदसिक्त हो गया। एक-एक कर मिलती सफलता ने उनमें त्वरा भर दी थी। उन्हें लग रहा था कि विलम्ब हुआ तो संहिता रचने का कार्य अधूरा रह जाएगा। अभी माता सुजाता और मातामह उद्दालक को यह सुसमाचार भी देना है। वदान्य ऋषि के आश्रम जाने की योजना बनानी है। बन्दी के शेष रह गए अनुयायियों से शास्त्रार्थ करना है। अनेक कार्य शेष पड़े हैं। राजगुरु का पद ऐसे ही सुरक्षित नहीं रह पाएगा। उनकी चिन्ता को भाँप कर सारथि रथ पर खड़ा होकर कहने लगा, "नागरिको! अपने उत्सव उत्साह की धुन में आप लोग राजगुरु के हाथों सम्पन्न होनेवाले अनेक महत्त्वपूर्ण कार्यों के मार्ग में बाधा-विघ्न बन रहे हैं। कृपया, रथ निकलने भर का मार्ग दे दें।"

सामने नृत्य करता एक व्यक्ति बोल उठा, "कौन कार्य महत्त्वपूर्ण है और कौन नहीं, इसका निर्णय हो चुका है, सारथि! यह उत्सव भी महत्त्वपूर्ण कार्य ही है। उत्सव-पालन करने से एकरसता भंग होती है, एकरसता भंग होने से नई स्फूर्ति मिलती है और नई स्फूर्ति मिलने से महत्त्वपूर्ण कार्य स्वत:स्फूर्त ढंग से होने लगते हैं।"

मन-ही-मन मुस्कुराए अष्टावक्र, "अबोध हैं ये नागरिक भी। उत्सव-पालन एवं संहिता-सृजन को एक समान मान रहे हैं।"

सारथि बोला, "आप लोग उत्सव-पालन आनन्दपूर्वक कीजिए, परन्तु रथ तो निकल जाने दीजिए।"

"जानते नहीं, रथों के लिए मार्ग रिक्त करवाने का नियम अष्टावक्र ने ही समाप्त करवा दिया है।"

"यह राजगुरु अष्टावक्र का ही रथ है।" सारथि ने रहस्य खोल दिया।

किन्तु लोग कुछ कहने के बदले अवाक् होकर उन्हें देखते रहे। "सारथि! यह रथ भले राजगुरु अष्टावक्र को मिला हो, परन्तु इस पर तो कोई राज-कर्मचारी सवार है। वह तुम्हीं हो, जो पहले बन्दी का रथ चलाया करते थे। तुम्हारा वह स्वभाव अभी गया नहीं है। यह परिहास तुम्हें बड़ा महँगा पड़ेगा।"

अष्टावक्र को लगा कि प्रजा उन्हें चीन्ह नहीं पाई। वह उत्साहित होकर बोल पड़े, "नागरिको! मैं ही हूँ, वह अष्टावक्र। आप लोग मेरे कहने से मार्ग दे दें।"

"असम्भव!" कई व्यक्ति एक साथ बोल पड़े, "अष्टावक्र को देखने की अभ्यस्त हमारी आँखें उन्हें दूर से चीन्ह लेंगी। अवश्य आप राजकर्मचारियों में से कोई एक हैं। सबको रोककर रथ निकाल ले जाने का आपका स्वभाव अभी गया नहीं है।"

अप्रतिभ हो गए अष्टावक्र! कहाँ तो अनुमान था कि उनके सुष्ठ शरीर को देखकर लोग दुगुना उत्साह-प्रदर्शन करेंगे, किन्तु यहाँ तो अविश्वास के अतिरिक्त कोई प्रतिक्रिया ही नहीं है।

"आप विश्वास करें। मैं ही हूँ अष्टावक्र, जिसके चलते आप लोगों को

राजपथ पर उन्मुक्त विचरण का अवसर मिला है।" अष्टावक्र बताने लगे, "समंगा नदी में स्नान के उपरान्त मेरा ऐसा रूप-परिवर्तन हुआ है।"

"यदि आप अष्टावक्र होते तो हमें रोककर अपना रथ निकाल ले जाने का अनुरोध ही नहीं करते। रूप-परिवर्तन से स्वभाव में परिवर्तन थोड़े होता है। हमारे अष्टावक्र तो कहीं और होंगे। आप कोई राजकर्मचारी ही हैं।"

बहुत बार कहने पर भी वह प्रजा को विश्वास दिलाने में असमर्थ रहे। कहना पड़ा, "आप लोग नियम में मिली छूट का दुरुपयोग कर रहे हैं।"

"अब तो पूर्त-विभाग[1] के कर्मचारी भी आएँ, तो हम मार्ग नहीं छोड़ेंगे।" वह व्यक्ति अपने नृत्य में लीन हो गया।

अष्टावक्र ने यत्र-तत्र दृष्टि दौड़ाई, कहीं कोई पथरक्षक या राजकर्मचारी मिल जाए, तो उससे कहकर रथ निकाल लिया जाए, किन्तु मार्ग-नियंत्रण के नियम उठ जाने पर वहाँ कोई कर्मचारी क्यों रहता। अष्टावक्र का उत्साह मर चुका था। अंगराग के कण उनके शरीर पर आ-आ कर गिर रहे थे। उछल-कूद करते असंख्य पाँवों से उड़ी धूल आ-आकर लग रही थी। धूम-यात्रा में मत्त नागरिकों को समझा पाना कठिन कार्य था। चुपचाप उनके पीछे घिसटने के अतिरिक्त अन्य कोई उपाय भी तो न था।

सन्ध्या घिर जाने के पश्चात् ही अष्टावक्र उस दिन अपने नए आवास में जा पाए। माता और मातामह से मिलना भी न हो सका।

"नहीं, ऐसे तो एक भी कार्य न हो सकेगा।" अष्टावक्र ने विचार किया। तत्काल उन्होंने अमात्य को बुलाया और निर्देश दिया, "कल से कोई भी महत्त्वपूर्ण व्यक्ति किसी कार्यवशात आवागमन करनेवाला हो तो उसके प्रस्थान मुहूर्त से कुछ समय पूर्व निर्धारित राजपथ और उरुमार्ग पथचारियों से रिक्त करवा लिए जाएँ।"

1. *पूर्त-विभाग*—कुआँ-तालाब-सड़क बनानेवाला विभाग

"कल किसे जाना है, महानुभाव!" अमात्य ने पूछा।

"मुझे। उद्दालक ऋषि के आश्रम की ओर जानेवाले मार्ग पर पथरक्षकों को लगवा दिया जाए।"

"आपके साथ राजगुरु भी जाएँगे?" अमात्य ने पूरा विवरण ले लेना चाहा।

"मैं ही तो हूँ। राजगुरु।"

"आप? किन्तु वह तो..."

"हाँ-हाँ...आठों अंग से टेढ़े थे।" क्षोभ से कहा अष्टावक्र ने। अमात्य और अन्य राजकर्मचारी भी परिवर्तित अष्टावक्र को चीन्ह नहीं पाए। अब कितने लोगों से वह कहते चलें कि समंगा में स्नान के पश्चात वह समांग हो गए हैं। अमात्य अपनी भूल का स्मरण कर वहाँ से हट गए।

क्या सचमुच...इतना परिवर्तन आ गया है मुझमें? कि लोग मुझे चीन्ह नहीं पा रहे हैं...सोच में घिर गए अष्टावक्र। हाँ, परिवर्तन तो हुआ ही है...न केवल शरीर में, अपितु अपनी स्थिति में भी। कहाँ वह अभाव और कष्टों से परिपूर्ण जीवन! विद्वत्ता के होते हुए भी शारीरिक विकलांगता के चलते पग-पग पर मिलती उपेक्षा उपहास भरी दृष्टि। न भोजन की कोई व्यवस्था, न वास का कोई स्थान। तिल-तंडुल मिला भी तो पात्र के अभाव में हथेली में ही रखकर खा लिया...करपात्री बनकर...जबकि यहाँ सोने-चाँदी और ताम्बे के पात्र। स्थांडिल[1] की भाँति कहीं सो लेना...जबकि यहाँ इन्द्रासन की भाँति पर्यंक और दूध के फेन की भाँति बिछौने...कुटिया का भी जुगाड़ नहीं और यहाँ समस्त सुख-सुविधा से परिपूर्ण सुसज्जित आवास...यह सब कैसे मिला? अपनी योग्यता और विद्वत्ता के बल पर ही तो...

"सन्ध्या-पूजन से निवृत्त हो लिए, महाराज!"

हड़बड़ाकर आँखें खोलीं अष्टावक्र ने तो देखा कि राजा जनक उनकी ही प्रतीक्षा कर रहे हैं।

"अमात्य की त्रुटि के लिए मैं लज्जित हूँ, राजगुरु!" जनक बोले, "मैं

---

1. *स्थांडिल*—वह संन्यासी जो बिना बिस्तर के भूमि पर या यज्ञीय भूखंड पर सोता है।

भी आपकी वाणी से ही चीन्ह पाया आपको।" जनक की आँखों में आश्चर्य और प्रशंसा के भाव थे।

"क्यों, वाणी परिवर्तित नहीं हुई है?" अष्टावक्र ने मुस्कुराकर कहा।

"वाणी तो अन्दर से निकलनेवाली वस्तु है। बाह्य-परिवर्तन से उस पर तत्काल कोई प्रभाव नहीं पड़ता।" जनक ने कहा, "लौटने में बहुत विलम्ब हुआ?"

"धूमयात्रा में निमग्न नागरिकों के बीच अटक जाना पड़ा था।" अष्टावक्र ने बताया। वह क्लान्ति का अनुभव कर रहे थे। प्रथम बार आज सन्ध्या पूजन भी समय पर नहीं कर पाए।

"राजगुरु महोदय! बन्दी के न रहने से अब तो यज्ञ-अनुष्ठान को आपको अपने संचालन में लेना पड़ेगा। कल ही शुभारम्भ है।" जनक बोले, "मैं चाहता हूँ कि यज्ञ की कृत्वा-चिन्ता कर ली जाए।"

"उस दिशा में मैं सचेत हूँ, राजन! आपके कहने से पूर्व ही मैंने सब कुछ सोच लिया है। बस कुछ काल की व्यस्तता है। भोर वेला में ही निकल पड़ूँगा। माता और मातामह का आशीर्वाद लेना शेष रह गया है।"

जनक कुछ चिन्तित हुए, "तब तो आपको लौटने में विलम्ब हो जाएगा। इधर यज्ञ के समस्त आयोजन-प्रयोजन पूरे कर लिए गए हैं।"

"विलम्ब क्यों होगा?" राजगुरु ने कहा, "बस, गया और आया। मैं संगव[1] तक आ जाऊँगा।"

"उद्दालक ऋषि के आश्रम की ओर जानेवाला मार्ग बड़ा व्यस्त और संकुल रहता है, गुरुवर! चिन्ता इसी बात की है।"

"अमात्य को निर्देश दे दिया गया है। राजकर्मचारी मार्ग को पथचारियों से मुक्त करवाए रखेंगे।" अष्टावक्र ने जनक को आश्वस्त कराते हुए कहा।

"क्या सुन रहा हूँ, राजगुरु?" जनक को विस्मय की सीमा न रही, "क्या निरस्त नियम पुन: क्रियान्वित किया जाएगा?"

---

1. *संगव*—प्रात:स्नान के तीन मुहूर्त बाद का समय, जब गाएँ दूहने के बाद चरने के लिए जाती हैं।

"हाँ, राजन!" अष्टावक्र बोल पड़े, "कुछ कार्य ऐसे होते हैं, जिनका राष्ट्रहित में शीघ्रता से निष्पादन किया जाना अनिवार्य हो जाता है। आवश्यक राजकार्यों में विलम्ब होने से अन्य सामान्य कार्यों में भी व्यतिक्रम आ जाता है। अतएवं अव्याहत भाव से काम करने के लिए जब राजा, राजकर्मचारी अथवा कोई महत्त्वपूर्ण व्यक्ति किसी कार्यवश प्रस्थान करनेवाला हो तो उसके मार्ग में कोई अवरोध नहीं होना चाहिए। मुझे अब समझ में आ रहा है कि स्थान, काल और पात्र के अनुसार पुराने नियमों की प्रासंगिकता पर भी ध्यान रखा जाना चाहिए।"

"वह तो उचित है, परन्तु आपने ही बताया था कि अन्धे, बहरे, स्त्री..."

जनक के वाक्य समाप्त करने के पूर्व ही राजगुरु बोल पड़े, "हाँ, यदि सामने से ब्राह्मण, ऋषि-मुनि या कोई विद्वान आ रहा हो तो उन सबको भी चाहिए कि इन महापुरुषों के लिए मार्ग छोड़ दें।"

राजा जनक राजगुरु की ओर तल्लीनता से देखने लगे। राजगुरु की वाणी भी पूर्वापेक्षा कुछ परिवर्तित-सी लगी। अष्टावक्र की कुरूपता पर भी न हँसनेवाले विदेहराज उनके इस परिवर्तित सुन्दर रूप पर धीरे से मुस्कुरा पड़े।

राजगुरु ने इधर ध्यान न दिया। क्लान्त राजगुरु का ध्यान सम्भवत: कहीं अन्यत्र था।

[जनवरी, 1992 में 'समकालीन जनमत' में प्रकाशित]

खल्ली छुलाई

"तू अभी तक ऐंगी-ढेंगी कर रहा है?" जगेसर बेटे पर बिगड़ता है, "नहा-धोकर जल्दी तैयार नहीं होना है?" वह पत्नी को भी हड़काता है, "तुम भी सिलाई-फड़ाई लेकर बैठ गई। गुरुजी सुबह-सुबह आने को बोले थे।"

"बस, तो आ गया। यह फीता जरा-सा बाकी रह गया था।" टुकटुकवा की माँ नया झोला सीकर उठी है। दुसूती के हरे कपड़े का झोला। एक कोने में उसने फूल भी काढ़ दिया है। कोई नाम लिखवैया ही नहीं मिला, वरना वह नाम भी काढ़ देती...वैसे किनारी पर रिबन की झालरें फुदने निकाल दी हैं। "लाओ, कहाँ है पटिया (स्लेट)—'पिनसिन'?"

जगेसर ताक पर से पटिया, पेंसिल और 'मनोहर बाल पोथी' उतारकर पकड़ाता है। कल ही इन्हें वह हाट से खरीद लाया है। टुकटुकवा की माँ एक-एक चीज सहेजकर झोले में रख रही है। जगेसर ने अपने हाथों खजूर के पत्तों की चटाई बुन दी है। टुकटुकवा पाठशाला में इसी पर बैठेगा। माँ ने चटाई पर भी अपना हुनर दिखा दिया है...ताँत की पुरानी साड़ी के 'पाढ़' से 'किनारी' बनाकर।

टुकटुकवा शीशी में पानी भर रहा है। कल वह भी बाप के संग हाट गया था। होमियोपैथिक डॉक्टर हीरानन्दजी से उसने यह शीशी माँगी है। पटिया पर

लिखे अक्षर मिटाने के लिए पानी की दरकार होती है न। अखज-फूहड़ लड़के थूक से ही मिटाने लगते हैं। टुकटुकवा मुट्ठी में कुछ दबाए हुए है, जिसे वह माँ-बाप से आँख बचाकर झोले में डाल देना चाहता है। जगेसर टोकता है, "यह क्या है रे?"

"..."

"बताता क्यों नहीं?" जगेसर झोले में हाथ डालकर उस चीज को निकाल लेता है...रुईनुमा गुलगुली-सी चीज को। "क्या करेगा इसका?"

डरता है टुकटुकवा। अब बिना बताए काम नहीं चलेगा। "पटिया मिटाऊँगा।" वह गुलगुली-सी चीज को पानी में भिगो देता है। उसे पटिया पर दो-तीन बार घिस देता है। पटिया साफ चमकने लगती है, नहाई हुई भैंस की पीठ पर तेल मल दिया गया हो जैसे।

"कहाँ से लाया इसे?"

क्या बोले टुकटुकवा। एक यही चीज उसने चोरी की है। महुली मोटर सर्विस की खटारा बस से। इस अभियान में उसका साथ मुनुवा ने दिया था। बल्कि मुनुवा ने ही बताया था उसको कि 'इसपंज' से पटिया कायदे से मिटती है। जैसे ही बस आकर रुकी और अन्तिम यात्री उतर गया तो वे दोनों चुपके से बस में घुस गए थे और एक फटी-सी सीट से थोड़ी-सी गद्दी नोच डाली थी। खलासी ने गद्दी नोचते तो नहीं; मगर बस में घुसते देख लिया था, तो उन दोनों के कान भी गर्म किए थे उसने। "फकीरा डरेवर से माँग लाया हूँ।" झूठ बोलता है टुकटुकवा। उसे लगता है कि फिर कान मला जाएगा।

जगेसर लेकिन कुछ बोलता नहीं है। वह उस चीज को देखता रहता है। कचकड़े के एक लाल खोखे में यही चीज पड़ी रहती है पटवारी मुंशी अजगैबी लाल के पेशतख्ते पर। वह इसमें उँगलियाँ खोब-खोबकर नोट गिनते रहते हैं।

जगेसर बहु टुकटुकवा को साबुन से नहलाने लगती है...रगड़-रगड़कर... सरसों का तेल मलती है। माघ का महीना है। तेल नहीं लगाने से चमड़ी चरचराने लगती है। "अब से साफ-सुथरा रहा कर। समझा न? गन्दे होकर शाला जाओगे

तो गुरुजी कान पकड़कर उठ-बैठ करवाने लगेंगे।" वह उसके बाल काढ़ती है। कल ही परदुमन हज्जाम ने नई काट की कलम काटी है। बाल बनानेवाली कैंची 'कच काटूँ-कच काटूँ' बोलती हुई जब गर्दन पर जाती थी; तो टुकटुकवा मारे गुदगुदी के गर्दन सिकोड़ लेता था। बड़ी खटानी करनी पड़ी थी परदुमन को। इतनी देर में वह दस घूर्चियाई दाढ़ियाँ बना देते। टुकटुकवा को डर लगता था कि परदुमन काका हजामत बनाते-बनाते कहीं उसका कान न काट डालें। आँख से डेबा (भैंगा) हैं वह...देखते हैं सामने तो पुतली साढ़े तीन हाथ बगल झाँकती है। वह बार-बार मुट्ठी से कान ढाँप लेता था। "देख छौंड़ा, मैंने माराफारी शहर में सैलून चलाया है।" परदुमन को फुसलाना पड़ा था, "मैं उन कौवों की हजामत बना देता हूँ।" टुकटुकवा ने कौवों को देखा कि सारे शरीर पर काले बाल हैं, लेकिन गर्दन के बाल साफ हैं, तब उसको भरोसा हुआ था।

माँ उसे नया कुरता, पैंट और जूते पहनाती है। नई-नकोर पैंट का बटन यूँ ही धागे से अटका दिया था...पट से टूट जाता है। "अच्छा रहने दे, उधर से लौटकर आएगा तो बढ़िया से गूँथ दूँगी।" माँ बोलती है और टूटे बटन के हिस्से को काज के साथ जोड़कर बखिया लगाने लगती है।

जगेसर रोकता है, "तुम भी गजब करती हो। पेशाब-वेशाब लगेगा तो कैसे करेगा? पिन लगा दो।"

माँ अपने ब्लाउज से ही निकालकर एक पिन लगा देती है और जल्दी-जल्दी बाप-बेटे को पूआ-पूरी, गुलगुले और आलू-गोभी की तरकारी परोस देती है। बाप-बेटे खा रहे हैं। वह मुदित मन से पंखा झल रही है। आदत-सी हो गई है, वरना माघ में पंखे की क्या जरूरत। आज माघ श्री बसन्तपंचमी का शुभ दिन है। सरस्वती पूजा का उत्सव तो है ही। जगेसर के घर में आज खास उत्सव है। सबेरे से ही चहल-पहल मची है। आज टुकटुकवा पहली बार पाठशाला जाएगा। खल्ली छुलवाई जाएगी, उसका नाम लिखवाया जाएगा। अब वह पढ़ेगा। दूसरे बच्चों की तरह 'चई-बित्ता', 'लुक्का छिपी' नहीं खेलेगा।

"बाऊ, मैं नई कलम से लिखूँगा।" टुकटुकवा मचलता है।

"धत्त बौराह, अभी से कलम पकड़ोगे तो लिखाई खराब होने लगेगी। कुछ दिन पटिया-पिनसिन पर हाथ साध लो, फिर सरकंडे की कलम बना दूँगा। एक दावात भी ले दूँगा। उसी में बोर-बोर कर लिखना। उससे अक्षर साफ-साफ बनता है। फौंटनपेन तो ऊँची क्लास में पकड़ा जाता है।" जगेसर बेटे को समझा रहा है। हालाँकि खुद जगेसर के लिए नौ और बगुले की टाँग में कोई फर्क नहीं है। अक्षरवाला गुर तो उसने पटवारी मुंशी अजगैबी लाल से पूछा है। अजगैबी लाल अभी भी दावात में होल्डर डुबोकर रुक्का बनाते हैं। लाल, नीली और काली रोशनाई घर में ही बनाते हैं, ऐसी कि गैर चाहे तो न मिटे और खुद चाहें तो पलक झपकते 'हाथ में लगा शून्य' दिखा दें। वे कहते हैं कि कायस्थों का हथियार उसकी कलम होती है। हर साल चित्रगुप्त पूजा के दिन होल्डर-दावात की भी पूजा करते हैं, होल्डर की निबों को चमकाते हैं, अलबत्त लिखते हैं वह भी...एकदम खुशखत, मोती सरीखे हरफ, एक सीध में, गेहूँ के खेत में अलसी की सीधी धारी बोई गई हो जैसे। गाज का मारा भला बच जाए, लेकिन मुंशी अजगैबी लाल की कलम का मारा 'भूमिसेज' की कौन कहे, मुँह में तुलसी-दल डलवाने की भी मुहलत नहीं पाता। महाजनों की ओर से रुपए के लेन-देन का रुक्का लिखते वक्त अजगैबी लाल ने जगेसर को भी कई बार चूना लगाया है। खाता-खतियान में तो अक्सर कलमकसाई करते रहते हैं। जगेसर घोड़करैत साँप की बाँकी गति पहचान लेता है लेकिन अजगैबी लाल की कलम की न्यारी गति नहीं पहचान पाता। उन्हीं की करतूत से पार साल खेतों की चकबन्दी में वह जितना कष्ट झेल चुका है कि उसकी याद मात्र से अभी भी रोंगटे खड़े हो जाते हैं। देह गर्दाबाद हुई थी सो अलग, रुपए-पैसे मिट्टी के ठीकरे की तरह उझलने पड़े थे। इन रुपयों के लिए सूदखोर महाजनों से ही डेढ़ा-सवाई का व्यापार करना पड़ा था।

मन रे कागद कोर पराया।
कहा भयौ ब्यौपार तुम्हारे, कलतर बढ़े सवाया...

दिन-दिन बढ़ते ब्याज के बोझ तले दबकर रह गया है वह। एक बार मन हुआ कि ब्लॉक में चलनेवाली प्रौढ़ पाठशाला में खुद जाकर नाम लिखा ले, लेकिन रोज रात को कोस भर जमीन चलनी पड़ती। तिस पर बूढ़े सुग्गे को कितनी भी लाल-हरी मिर्ची खिलाओ, वह 'चित्रकूट' नहीं बोल पाता। उसने बेटे को ही पढ़ाने का संकल्प किया। अपनी जिन्दगी तो खेत-बधार में ढेला फोड़ते और हल-बखर जोतते बीती। पहले की बात कुछ और थी। बिना लिखाई-पढ़ाई के भी काम चल जाता था। तब गाँव-देहात में इतनी पेचीदगी न थी। खेती-बारी से जो उपार्जन हुआ उसे ही अन्न देवता का वरदान मानकर सन्तोष कर लिया जाता था...'चना-चबेना गंगजल जो पुरवै करतार।' धरम-करम चल ही जाता था। लेकिन अब खेती में भी दम न रहा। इन्द्र महाराज के भरोसे बैठना और खटना पड़ता है। वंश बढ़ता गया तो खेत भी बँटते गए। पुराने ढंग से खेती करने पर तनिक भी बरकत नहीं है। जिनके घर के सर-सवाँग बाहर कमाने चले गए उनकी माली हालत ठीक है। अगर गाँव पर बूढ़े-पुरनिया खेती से अलम ले लें तो सोने में सुहागा...लेकिन जगेसर ने न पढ़ाई-लिखाई की और न वह बाहर जा सका। उस समय सोचा भी किसने था कि आगे चलकर ऐसे दुर्दिन देखने पड़ेंगे। महँगाई इस कदर बढ़ेगी कि सिर ढको तो पैर उघाड़ और पैर ढको तो सिर उघाड़ रखने की नौबत आ जाएगी। तब तो गाँव के लोग सोचा करते थे—'उत्तम खेती मध्यम बान (व्यवसाय), अधम चाकरी भीख निदान।' पहले भी क्या दिन थे! लोग कम, जमीन ज्यादा। चारों ओर हरे-भरे चरागाह। दुधारू गाय-भैंसों के लिए भी सुदिन। उसके गाँव की कुल जोत के आधे फलदार पेड़ थे। जामुन खाने के लिए आन गाँव के लोग इस गाँव में आते थे। मगर अब तो तीन-चौथाई बगीचे कट गए और वहाँ जौ-तिल-मूँग बोई जाने लगी है।

काफी सोच-विचारकर, दीन-दुनिया को देखकर जगेसर अपने बेटे को ग्यानी-गुनवन्त बनाना चाहता है! खानदान में यही पहला लड़का होगा जो शाला का मुँह देखेगा, वरना अब तक तो सबके लिए 'काला आखर भैंस बराबर' था। हित-कुटुम्ब के यहाँ से कोई चिट्ठी-पत्री भी आई तो डाकमुंशी

को रुपया-अधेला देकर बँचवाओ, तार का लाल कागज दिखा नहीं कि रोना-पीटना मच गया। सचमुच विद्या के बिना गत नहीं है। देखो न, पढ़े-लिखे शहरी बाबू लोग बात-बात पर देहातियों को कैसे ठगते रहते हैं। कर्ज की बाढ़ और गाँव के दुख से ऊबकर सोमनाथ (जगेसर का चचेरा भाई) शहर भागा था। वहाँ वह ठेकेदार के नीचे काम करने लगा। खाने-पीने से जो रुपया बचता था, ठेकेदार के यहाँ ही जमा करवा देता था कि लौटते बखत मोटा रुपया लेकर गाँव जाएगा। लेकिन ठेकेदार ने हिसाब में ऐसा गड़बड़झाला किया कि कुल जमा सवा सौ रुपए धर दिए हाथ पर और बोला कि तीन दफे बीमार पड़े थे न, उसमें बाकी रुपए डॉक्टर की फीस भराई में चले गए।

वह कई बार शहर गया है...जिला मुख्यालय...प्रखंड विकास अफसर, चकबन्दी अफसर की कोठियों पर पैरवी करवाने जाना पड़ा है। दफ्तर और उनकी कोठियों में कितना फरक है...दफ्तर की दीवारें पान की पीक से रँगी रहती हैं, फाइलोंवाली अलमारी पर मकड़ी के जाले झूलते रहते हैं...लेकिन कोठियाँ!...कमाल की हैं। नाम लेकर बुलाने की जरूरत नहीं है। दरवाजे पर एक चाबी लगी हुई है। दबाओ तो भीतर की घंटी बोलेगी पहले, 'क्रे-क्रे-क्रे...के रे?...के रे?' चारों तरफ रंगीन मोटे परदे, फर्श पर कालीन, शीशा मढ़ी खिड़कियाँ, ठंडी हवा फेंकनेवाली मशीन। बैठक का दरवाजा तो अपने आप खुलता बन्द होता रहता है। पहली बार नासमझी में जगेसर की धोती की लाँग फँस गई थी दरवाजे में। आगे बढ़ा तो द्रौपदी के चीर की तरह धोती खुलती गई, तब भान हुआ। जिस परिचित के मार्फत पैरवी करवाने गया था, उसी से आहिस्ता से पूछा था जगेसर ने, "कितनी तनखा होगी इन साहब लोगों की?"

"दुत्त मर्दे! यह तो ऊपर-झापर की कमाई है। सूखी तनखाह पर रहें ये लोग तो कबज के मारे पेट में कँड़री बँध जाए।" पैरोकार बोला था।

जगेसर के सामने साफ होने लगा कि यह सब पढ़ाई का कमाल है। धन-सम्पत्ति तो सभी बाँट सकते हैं, उसे चोर चुरा सकता है, लेकिन एक विद्या धन ही ऐसा है, जिसे न कोई बाँट सकता है, न चुरा सकता है और न

जिस पर लाट साहब की लगान लगती है। घर में पत्नी साथी होती है, श्मशान में धर्म तो परदेश में विद्या ही साथी होती है न!

...बाप-बेटे के कलेवा कर लेने पर जगेसर बहू ने दो कटोरियों में दही-गुड़ लाकर रख दिया है। खाने के पहले उसने दही का छोटा-सा टीका भी कर दिया है, दोनों जने के लिलार पर। आज सोमवार है। 'रवि को पान, सोम को दरपन'। चलती बिरिया उसने बाप-बेटे के सामने दरपन भी दिखा दिया है। कुआँगछ यहीं उतर जाए।

एक नादा दही, पाव भर घी, एक पसेरी महीन चावल, सेर भर के अँटकर गुड़ तथा सगुन के सवा रुपए लेकर वे घर से निकल पड़े हैं शाला की ओर। टुकटुकवा एक हाथ से बाप की उँगली पकड़े हुए हैं, दूसरे हाथ से नया झोला। बेमाप की नई पैंट बराबर सरक जा रही है। झोले के फीते को दाँत से पकड़कर और दूसरा हाथ खाली करके वह पैंट ऊपर खींच ले रहा है।

"टुकटुकवा कहाँ जा रहा है, रे?"...

"टुकटुकवा मामा किहाँ जा रहा है।" गली-कूचे में खेलते बच्चे उसे हसरत से देखकर एक दूसरे से पूछते हैं। टुकटुकवा उनकी ओर पलट-पलटकर देखता है। बच्चे 'पिट्टो' खेल रहे हैं।

जगेसर उसे आगे खींचता है, "चल...चल, अब उधर मन मत लगा। इन लड़कों में अब तुझे नहीं रहना है।" वह खेलते बच्चों को डाँटता है, "कहीं भी जाओ, ससुर तुम लोग बिना टोके मानोगे नहीं। अपने तो बिगड़ोगे ही मेरे बच्चे को भी बिगाड़ दोगे।"

एक बच्चा टुकटुकवा की पीठ पर गेंद मार देता है। वह बाप की उँगली छोड़कर दौड़ता है और गेंद पकड़ लेता है। जगेसर हक्का-बक्का होकर देखता है थोड़ी देर, फिर लपककर उसके हाथ से गेंद छीन लेता है, "इसीलिए तुझे शाला ले जा रहा हूँ, बदमाश!" वह गेंद मारनेवाले लड़के का कान पकड़ लेता है। लड़का रोने लगता है। रोना सुनकर उसका बाप आ जाता है और वह जगेसर से झगड़ने लगता है।

जात्रा बिगड़ने के डर से जगेसर झगड़ना नहीं चाहता। वह समझाता है, "तुमको तो भाई, बच्चों को पढ़ाने-लिखाने से मतलब नहीं है। तुम्हारा बेटा मेरे बेटे को क्यों रोकता है?"

"हाँ-हाँ, जाओ, पढ़ा-लिखा के अपने बेटे को जज-कलट्टर बना देना। हम अनपढ़ ही भले हैं।" वह अपने बेटे को वापस खींचता है।

जगेसर बिना बात बढ़ाए टुकटुकवा को लेकर आगे बढ़ जाता है। कुछ दूर तक तो टुकटुकवा उत्साह के साथ चला है, लेकिन अब एक खौफ समाता जा रहा है। "बाऊ, जे घड़ी तुम मेरे बराबर थे तो पाठशाला जाते थे?"

"हाँ रे! तीसों दिन।" जगेसर मन-ही-मन खुश होकर झूठ बोलता है।

"इतवार को भी जाते थे?"

जगेसर का झूठ पकड़ा जाता है। बहाना बनाते हुए बोलता है? "इतवार को गुरुजी की देह दबाने जाता था। गुरु की सेवा करे पर विद्या का मेवा मिलता है।"

"बाऊ? क्या पढ़ते थे वहाँ? गिनती-पहाड़ा?"

"नहीं। 'इसलोक' पढ़ते थे।" जगेसर हँसकर कहता है, "ओनामासी धम, बाप पढ़े ना हम।"

"गुरुजी मारते भी हैं?"

"दोष करोगे तो जरूर मारेंगे।"

"दोष नहीं करने पर?"

"तब भी मारेंगे। अगर मन लगाकर नहीं पढ़ोगे।" जगेसर गद्‌गद होकर कहता है, "देख, गुरुजी जब पूछेंगे कि गुड़ मीठ कि छड़ी मीठ...तब क्या बोलोगे?"

"गुड़ मीठ, बोलूँगा।"

"तब तो तेरी खैर नहीं। बोलना कि छड़ी मीठ। गुरु की छड़ी से विद्या बरसती है, अकल बढ़ती है, समझा न।"

टुकटुकवा की समझ में कुछ नहीं आ रहा है। वह बिसूरने लगता है।

"का हो जगेसर भाई! सीरनी लेकर कहीं अन्ते जा रहे हो?" माली राम बिरिछ अपनी बगीची से हाँक लगाता है।

"लो, अब यह भी टोकने लगा। गाँव के लोग भी अजीब होते हैं, दूसरे के मामले में बेमतलब की टोकाटाकी करते हैं।" मन-ही-मन कुढ़ता है जगेसर, लेकिन प्रकट में बोलता है, "ना भाई, पाठशाला जा रहा हूँ, छौंड़ा खल्ली छुएगा आज।"

"यह तो अच्छा कर रहे हो।" राम बिरिछ के हाथ रुक जाते हैं। अमरूद की कलमें निकाल रहा है वह। फरसी नीचे रखते हुए वह बुलाता है, "आओ, जगेसर भाई, बीड़ी पी लो, तब आगे बढ़ना।"

जगेसर बगीची में एक छापक-से आम के पेड़ तले बैठ जाता है। गुरुजी को दिया जानेवाला सामान वह ईंट के चबूतरे पर रख देता है, "आज में तो मोजर बहुत जल्द लग गई हो, राम बिरिछ भाई!" जगेसर को मंजरी की गन्ध अच्छी लगती है। वह थोड़ी-सी मंजरी तोड़कर हथेली पर खैनी की तरह पीसते हुए सूँघने लगता है।

"कलमी आम है, न। जल्दी फल पकड़ता है।" राम बिरिछ दो बीड़ियाँ सुलगाने लगता है। टुकटुकवा अब सुबकने लगा है। "काहे रे छौंड़ा। रो काहे रहे हो?"

"अरे ई लड़का नहीं, सिहोर की जड़ है। पाठशाला जाने के नाम पर इसकी पाद-डकार बन्द होने लगी है।" चिढ़कर बोलता है जगेसर।

"नहीं रे, उदास नहीं होते। पढ़ोगे-लिखोगे तो आप सुख करोगे। हमें देख रहे हो, न। जिन्नगी भर जाँगर पेरते रहे, लेकिन किसी काम लायक नहीं बन सके।"

"इसको इतना बुझाए तब तो।" जगेसर बीड़ी पीते हुए कहता है, "हमारे माँ-बाप हुशियार नहीं थे। विद्या का मरम नहीं जानते थे। उस बखत तो लोग कहते थे—'पढ़े-लिखे बिन कौन अकाजा, हर जोतब घर भरब अनाजा', लेकिन अब उस टेक पर रहने से काम चलेगा?"

"बच्चा है। समझ जाएगा।" राम बिरिछ उत्साह दिलाता है, "हमारे बाद के बच्चे जरूर अच्छे होंगे। देखो न मेरी इस बगीची को देखो। इसमें मैंने बहुत कम गाछ रोपे थे। ऐसा करके ही मैंने पूरी बगीची आबाद कर ली है। जितनी बार नई कलमें निकलीं उनमें पहले से बड़ा और गूदेदार फल मिला। इन बच्चों को भी कलम की तरह सहेजना पड़ेगा।"

"तभी तो इसे खेती-बारी के काम में न झोंककर पढ़ने के काम में लगाना चाहता हूँ। हमारे साथ जो बीता सो बीता। अब आगे का वंश तो अपढ़-गँवार न रहे।"

टुकटुकवा का सुबकना बन्द नहीं हुआ। राम बिरिछ दो-तीन बढ़िया अमरूद और थोड़े-से बेर तोड़कर उसके झोले में डाल देता है, "रो मत छौंड़ा! ले खाते रहना। अभी तो तेरी उमर है घूम-घूमकर खाने की और झूम-झूमकर पढ़ने की। ऋन की फिकिर न धन की चोट, ई धमधूसर काहे मोट। एकदम बादशाह उमर है तेरी।"

जगेसर कन्धे और सिर पर सामान लादकर चल पड़ता है। टुकटुकवा बेर चुभलाते हुए जा रहा है, किन्तु अकबकाया हुआ-सा, फाँसी की सजा पाया कोई कैदी तखती की ओर ले जाया जा रहा हो जैसे।

आज छुट्टी का दिन है। फिर भी पाठशाला में आमदरफ्त है। बरामदे में सरस्वती जी की मूर्ति रखी हुई है, हंस पर सवार वीणाधारिणी की। अभी-अभी पूजा हुई है। हुमाध का सुगन्धित धुआँ चारों ओर फैल रहा है। गुरुजी उजली धोती और पीला कुरता पहने एक टूटे हत्थेवाली कुर्सी पर बैठे हैं। छड़ी से पीठ खुजला रहे हैं।

दर्शनार्थियों की भीड़ लगभग छँट जाने पर दही का नादा, घी की कँटिया और चावल-गुड़ की गठरी गुरुजी के सामने रखते हुए जगेसर हाथ जोड़कर कहता है, "पाय लागीं गुरुजी! हमरे टुकटुकवा से खल्ली छुलवा दीजिए।"

"अवश्य-अवश्य," गुरुजी बच्चे के ललाट पर रोली और अबीर का टीका लगा देते हैं, "छौड़ा रे! हाथ जोड़कर सरस्वती जी के सामने बैठ जा।"

वह डरते-काँपते बैठ जाता है। उसके हाथ थरथरा रहे हैं। इसलिए उँगलियाँ ठीक से जुड़ नहीं पा रही हैं। गुरुजी उसके झोले से 'मनोहर बाल पोथी' निकालकर सरस्वती जी के चरणों पर रख देते हैं। हाथ से अमरूद और बेर टकराते हैं। "अच्छा, प्रसाद के वास्ते," वह उन्हें भी निकालकर वेदी की बगल में रखना चाहते हैं कि जगेसर टोकता है, "गुरुजी, बेर में से इसने खा लिया है। अमनिया नहीं रह पाया है।"

"खा लिया है?...कोई बात नहीं। बालक का बाल भोग है। कोई बात नहीं।" गुरुजी उसके बाएँ हाथ में पटिया पकड़ा देते हैं और दाएँ हाथ की तर्जनी-मध्यमा-अँगूठे की तिकड़ी में पेंसिल पकड़ा देते हैं। फिर उसकी उँगलियों को अपने हाथ से पकड़कर लिखवाने लगते हैं—

'ॐ'
राम गति
देहु सुमति
सरस्वती माता विद्या देहु
अज्ञान-क्लेश सकल हरि लेहु।

जगेसर उम्र-भर के सपनों की खुशी अपने अन्तस में समेटकर टुकटुकवा का खल्ली छुलवाया जाना देख रहा है। यह प्रक्रिया हो चुकने पर वह दक्षिणा के सवा रुपए निकालकर गुरुजी के चरणों पर रख देता है।

टुकटुकवा अब जोर-जोर से रोने लगा है, मानो गुरुजी उसे साक्षात् निगल जाएँगे, किन्तु गुरुजी उसे स्नेह-सिक्त हाथों से एक अमरूद पकड़ा देते हैं।

"गुरुजी, अपनी बही में इसका नाम लिख लीजिए।"

गुरुजी दक्षिणा की रकम की ओर देखकर कहते हैं, "सरकारी रजिस्टर में नाम लिखाने की फीस अलग लगेगी।"

"कितनी?"

"पच्चीस रुपए और स्कूल विकास फंड में जैसी तुम्हारी मर्जी।"

"हम तो सुनते हैं कि यहाँ फिरी में पढ़ाया जाता है।" वह सोच में पड़ जाता है।

"फ्री में क्या होता है आजकल? सरकार तो कहती है कि फ्री में राशन दूँगी, क्वार्टर दूँगी...लेकिन कहाँ देती है कुछ।"

"ठीक है। आप नाम लिख लीजिए। कल नामलिखाई भी दे जाऊँगा। आज तो लाया नहीं।"

"लगता है, तुमने बेटे की नालकटाई भी आज तक उधार रख छोड़ी है।" गुरुजी तनिक टोंट कसते हैं, "यह सरकारी पाठशाला है। बनिया की दुकान नहीं। मुझे ऊपर भी हिसाब देना है।"

"कह तो रहा हूँ। कल दे दूँगा। अच्छा...विकास फल में कितना लगेगा?"

"वह तो दाता के ऊपर है। यथाशक्ति-तथाभक्ति। सौ-सवा सौ जितना चाहो। ठाकुर जय किशोरजी ने पाँच सौ रुपए दिए हैं अपने पोते की नामलिखाई में।" गुरुजी कुछ देर तक असमंजस में रहते हैं कि इसका नाम लिखा जाए या नहीं। थोड़ी देर रुककर आखिर में एक नीला रजिस्टर निकाल लाते हैं।

"ठीक है, कल दे जाना। वकील, वैद्य और गुरु की फीस उधार नहीं रखनी चाहिए। अब बोलो, कौन क्लास में लिखूँ?"

"बच्चा क्लास में...और का।"

"उमर लेकिन ज्यादा है इसकी। खैर, नाम बोलो।"

"जगेसर"

"अपना नहीं। लड़के का नाम बोलो।"

"टुकटुकवा"

"यह भी कोई नाम हुआ?"

"हम तो इहे कहके हँकाते हैं, गुरुजी। जब ईती बूटी-सा रहा तब बड़े लोगों की बात सुनके टुकुर-टुकुर ताकता रहता था, सो हम टुकटुकवा ही बोलने लगे।"

"कोई अच्छा-सा नाम बताओ।" गुरुजी बोलते हैं, "यही नाम हमेशा के लिए रह जाएगा।"

"हमारे खातिर तो इहे नाम अच्छा है, गुरुजी! आप नहीं मानेंगे तो कौनो देवी-देवता के नाम पर रख लीजिए।"

"देवी-देवता के नाम पर?" गुरुजी चौंकते हैं, "किस जाति के हो?"

"तेली हूँ गुरुजी!"

"कोल्हू चलाते हो?"

"नहीं, खेती-बाड़ी करते हैं हम। वैसे एक कोल्हू भी था, लेकन जब से गंज पर बिजलीवाला इस्पेलर बैठ गया तब से कोल्हू बन्द हो गया।"

"यानी कोल्हू काटकर मुँगरी बना ली तुमने?" गुरुजी तनिक दिल्लगी करते हैं। कुछ देर तक सोचने-विचारने के बाद बोलते हैं, "तुम तैलिक वैश्य हो। मनु महाराज ने कहा है कि देवी-देवताओं के नाम पर ब्राह्मणों का नाम रखा जाना चाहिए जैसे विष्णुचन्द्र शर्मा। क्षत्रियों का नाम ऐसा होना चाहिए जिससे शौर्य टपकता हो, जैसे रुद्र प्रताप सिंह। वैश्यों का नाम ऐसा हो जिससे धन-समृद्धि का बोध हो, जैसे लक्ष्मीचरण साव और शूद्रों के नाम से दासत्व का बोध होना चाहिए जैसे रामटहल दास। तुम चूँकि तैलिक वैश्य हो इसलिए तुम्हारे टुकटुकवा का नाम क्या रखा जाए?...क्या रखा जाए?"

कुछ नामों पर विचार करने लगते हैं गुरुजी। अन्ततः एक नाम सूझ जाता है। "टकेश्वर साव...हाँ, हाँ टकेश्वर साव। चलो, लिख लिया। अब पता-ठिकाना बोलो।"

"यह लीजिए गुरुजी! हमारी पंचायत की शाला में आप पढ़ाते हैं और पता-ठिकाना भी नहीं जानते हैं?"

"जानता तो हूँ, लेकिन बताना तो तुम्हें ही पड़ेगा, सरकारी काम-काज है।" गुरुजी चुपचाप पता-ठिकाना दर्ज करने लगते हैं। "जन्म तिथि?"

"माने?"

"कब पैदा हुआ था?"

"अगहन महीने के अँजोर पाख में।"

"इससे काम न चलेगा। तिथि यानी दिन और साल बताओ। सही समय।"

"उस दिन बुध रहा गुरुजी और खस्टी तिथि...और समै..." वह दिमाग पर जोर डालता है, "समै, समझिए कि गरुआदुकान की बेला इसकी माई को दरद शुरू हुआ था और दियवाबुतान की बेला इसका केहाँ-केहाँ सुनाई पड़ा था।"

"यह गरुआदुकान और दियवाबुतान क्या बला है?"

"लीजिए। ई भी नहीं जानते हैं? गरुआदुकान माने संझा की बेला, जब गाय-बछरू चर-चुर के बथान में ढुकते हैं और दियवाबुतान माने जब मनई खा-पी के सोने वास्ते दिया-बाती बुता देता है।" वह ठठाकर हँस पड़ता है।

"मैं अँगरेजी और गणित पढ़ानेवाला टीचर क्या यही सब जानता फिरूँ?" गुरुजी बेतरह चिढ़ जाते हैं, "एकदम भुच्च देहाती ही हो क्या?...गँवार।"

"जो चाहें, समझ लीजिए।" वह मायूस हो जाता है। "देहाती गँवार का ठप्पा तो हमारे ऊपर गाल के मस्से की तरह सट गया है। बिस्नू भगवान कितना बिराट रूप धर लें, लेकिन वामन अवतार का नाम थोड़े छुटेगा!"

"अरे बाबा, मगजमारी क्यों करते हो? बोला न...इससे काम न चलेगा। साल बताओ...वर्ष...किस सन में कितनी तारीख को पैदा हुआ था तुम्हारा टुकटुकवा? अँगरेजी तारीख बताओ...यहाँ अगहन-पूष नहीं चलेगा।"

"साल-संवत तो हमें याद नहीं है, गुरुजी! अन्दाज से लिख लीजिए।"

"नाम मैं ही रखूँ, एज मैं ही रखूँ...मेरी नौकरी खाओगे क्या? तुम सिर्फ पैदा करना जानते हो?...मुझे ऊपर भी हिसाब देना पड़ता है।" गुरुजी परेशान हाल हो जाते हैं, "एक तो उधारी, दूसरे गलत एंट्री करवा रहे हो?" वह रजिस्टर बन्द करने लगते हैं, "साल याद नहीं है और खष्टी-बुध-गरुआदुकान-दियवाबुतान दुनिया भर का लन्द-फन्द याद है।" वह खीज पड़ते हैं।

"लीजिए...याद काहे नहीं रहेगा! जे दिन टुकटुकवा भया रहा, वो दिन ही हमारा पहिला दाँत टूटा था। सामने का दाँत। भरोसा नहीं हो रहा हो, तो लीजिए, देख लीजिए।" वह अपना मुँह पूरा बा देता है और होंठ चियार कर खाली मसूढ़ा दिखाने लगता है।

टुकटुकवा इन सबसे बेखबर अमरूद काट-काट कर खाए जा रहा है... कच-कच। जगेसर उसके आरी की धार जैसे तेज और संकर मक्के के दाने जैसे दूधिया दाँतों की ओर देखता है, गोया ये दाँत उसके टूटे दाँत की कलमें हों।

जगेसर सोच रहा है कि कितनी झंझटें हैं इस पढ़ाई में और कितनी महँगी है यह! अच्छा, सरस्वती माई की किरपा हो गई और टुकटुकवा कायदे से पढ़ गया तो एक दिन चकबन्दी अफसर या प्रखंड विकास अफसर की तरह जरूर बन जाएगा। उनकी कोठियों का दृश्य घूम जाता है उसके सामने...फिर तो पढ़ाई के बड़े-बड़े फल खाने से कौन रोक सकेगा उसे...लेकिन सबसे पहले तो वह अजगैबी लाल की कलम की निब तोड़वाएगा।

"ठीक है, अब जाओ।" गुरुजी उसकी क्षणिक तन्द्रा भंग कर देते हैं। "कल फीस दे जाना और लड़के को पढ़ने भेज देना।" गुरुजी दही, घी, चावल और गुड़ कोठरी के भीतर ले जाने लगते हैं।

जगेसर लौटने लगता है। सोच रहा है यह पढ़ाई भी तिजारत की तरह है। इसमें भी पूँजी लगानी पड़ती है पहले। अच्छा, लगाई जाएगी। जितनी चीनी पड़ेगी खीर उतनी ही मीठी होगी।

[अप्रैल, 1992 में 'समकालीन सृजन' में प्रकाशित]

नंगा

"तुम चुल्लू-भर पानी में डूब क्यों नहीं मरे?" मैं इतने जोर से चीखा कि फर्नीचर तक झनझना उठे। एयरकंडीशंड सूट के भीतर मेरी आवाज पंखहीन चिड़िया की मानिन्द फड़फड़ा रही थी। "मानस! तो यह ऐब भी तुम्हारे भीतर था? कम-से-कम इसका भी खयाल किए होते कि तुम किसके साथी हो।"

वह बेड के एक सिरे पर खामोशी से बैठा रहा, निश्चेष्ट। बिना किसी जवाब के। मैं चाह रहा था कि वह कुछ बोले और मैं उसे झिड़कूँ। फर्श पर अपने जूते घसीटते हुए मैं उसके सामने खड़ा हो गया। मोटा कालीन खर-खर करने लगा। "कुत्ते की दुम कमानी बाँधने से भी सीधी नहीं होती। मैं तुम्हारे पीछे नाहक अपना सिर खपा रहा हूँ। तुम कुत्ते की दुम हो...यू क्लेप्टोमेनिएक।" मैंने जोर से दाँत पीसे। दाँत किरकिरा उठे। मेरा गुस्सा उसकी आँखों में खुब रहा था।

शायद मन के किसी भले कोने में उसे आत्मग्लानि हो रही थी, क्योंकि जिस तरह से वह भावशून्य होकर बैठा था और लगातार जँगले के पार एकटक देखे जा रहा था, उस तरह से आदमी मुक्ति की तलाश करता है, पापों की स्वीकृति के बाद। हो सकता है, यह मेरा वहम हो या मेरी भलमनसाहत, जो उसके बारे में ऐसा सोच रहा था। अगर वह कुछ बोलता, अपने किए की सफाई देता या अब से ऐसा न करने का आश्वासन ही देता तो खूब सम्भव

था कि मेरे क्रोध का विरेचन हो जाता। लेकिन इस तरह से उसके गुमसुम बैठ जाने पर मुझे अपनी अवहेलना-सी लगी। मेरी इच्छा हो रही थी कि उसकी गर्दन पकड़कर जोर से झिंझोड़ूँ, धक्के मारकर कमरे से बाहर कर दूँ।

सिगरेट सुलगाकर मैं आदमकद शीशे के सामने लगी ईजी चेयर पर धँस पड़ा। एयरकंडीशनर चल रहा था, लेकिन मैं पसीने-पसीने हो उठा। मेरे रोएँ खड़े हो गए थे, जैसे उन पर शर्म का बोझ अड़ गया हो। घटिया काम किया है मानस ने, मगर दुखी हो रहा था मैं। निर्लज्जता से बैठा है वह और पानी-पानी हो रहा हूँ मैं। अगर वह देख लिया गया होता, किसी बेयरे ने या मैन्युफैक्चररों के किसी आदमी ने टोक दिया होता, तब तो मुझे आत्महत्या कर लेनी पड़ती। मुझे राँची में कार्यरत एक इंजीनियर की याद हो आई। अपनी बीवी की ऐसी ही ओछी हरकत से शर्मिन्दा होकर उस बेचारे ने आत्महत्या कर ली थी।

लेकिन वह तो उसकी बीवी थी यह 'सन ऑफ अ बिच' (मेरे भीतर इससे भी भयंकर गालियाँ फूट रही थीं, मगर अपनी पोजीशन का खयाल कर उन्हें होंठों पर लाने से रोके हुए था) मेरा कौन है? कैसा सम्बन्ध है इससे? न मेरा दोस्त, न दूर का कोई रिश्तेदार या पास-पड़ोस, जिले-जवार का भी तो नहीं है वह। उससे सम्बन्ध मेरा फकत इतना था कि उसके पेरेंट्स मेरे कस्टमर थे। वे अक्सर मेरी दुकान पर आते थे। इसी क्रम में उनसे संवाद हुआ और संवाद परिचय में बदल गया। कुछ अपनी मिलनसार तबीयत के चलते भी मैं किसी के साथ जल्दी घुल-मिल जाता हूँ। इसी के चलते मेरे मन में मानस को लेकर एक अच्छी भावना काम कर रही थी कि अगर मुझसे इसका भला हो जाए तो क्या बुरा है। लेकिन लगता है कि वह मेरी जिद थी। इसे जिद ही कहेंगे कि मैंने उसे सुधारने का संकल्प ले लिया था।

आधुनिक सन्दर्भों को देखते हुए मैं यह मानने पर विवश हो गया था कि आजकल हरफनमौला बनना बहुत कठिन है। जमाना भी तो विशेषज्ञता का है और विशेषज्ञता भी उस क्षेत्र में, जिसका कुछ 'मार्केट वैल्यू' हो। मार्केटिंग को ध्यान में न रखकर किया गया काम मुझे जँचता न था, चाहे वह कितना

भी महान क्यों न हो। कला, साहित्य और खेल जैसे कामों में भी अगर मार्केटिंग को नजरअन्दाज कर दिया जाए तो बहुत दूर तक जाना असम्भव है। मैं मानता हूँ कि हममें हरेक के पास किसी-न-किसी क्षेत्र में जाने लायक थोड़ी-बहुत प्रतिभा जरूर मौजूद है। अगर इसका सही इस्तेमाल किया जाए तो देर-सवेर सफल हुआ जा सकता है। मैं अपना ही लूँ तो कॉलेज के दिनों तक मैं हर फ्रंट पर मौजूद रहनेवाला था। क्रिकेट खेल रहा हूँ, हॉकी खेल रहा हूँ, एथलीट बन रहा हूँ। नाटक या अन्य सांस्कृतिक कार्यक्रमों में भाग ले रहा हूँ। समाज-सेवा का दम भरनेवाली संस्थाओं से लेकर जूनियर जेसीज तक का मेम्बर बना हुआ हूँ। साइंस का विद्यार्थी होने के नाते इंजीनियर बनने का ख्वाब भी देख रहा हूँ। छात्र संघों की राजनीति में दिलचस्पी रख रहा हूँ। अन्त में देखा कि मैं हर जगह होते हुए भी कहीं नहीं हूँ। मेरा सामान्य ज्ञान तो ठीक है लेकिन किसी भी ज्ञान में गहराई नहीं है। मैंने विचार करना शुरू किया। अपनी रुचियों, अभिरुचियों पर गौर किया तो मुझे लगा कि मैं बचपन से ही कपड़ों पर अधिक ध्यान दिया करता था। धोती-कुरता हो या पाजामा-कमीज, जीन्स-बैगी हो या थ्री-पीस सूट, सबको मैं बड़े सलीके से पहनता था और उसमें भी जितना सम्भव है उतनी डिजाइनों के साथ। तो सोचा कि क्यों न कपड़े के क्षेत्र में ही काम करूँ, दूसरों को भी सलीकेदार कपड़े पहनाऊँ। मैं गारमेंट्स डीलर बन गया। फैशन डिजाइन के क्षेत्र में ही मैं अपनी कल्पनाएँ दौड़ाता रहता हूँ, अध्ययन करता रहता हूँ। आज स्थिति यह है कि शहर के सबसे पॉश इलाके के सुपर मार्केट में मेरी कपड़ों की सबसे अच्छी दुकान है। बड़े-बड़े ब्यूरोक्रेट्स, वीआईपीज, बिजनेसमैन यानी शहर के क्रीम आया करते हैं मेरी दुकान पर और सबके बीच मेरा उठना-बैठना है।

आपको लगता होगा कि मैं स्नॉब हूँ और अपनी हैसियत की शेखी बघार रहा हूँ। जी नहीं, सुपर मार्केट की बगल में ही मैं एक साधारण दुकान भी चलाता हूँ, जहाँ शहर के बाबू टाइप के लोग, कारखाने-कोलियरियों के मजदूर, शिक्षक और निम्न वर्ग-मध्य वर्ग के लोग भी आते हैं। बारी-बारी से

मैं दोनों दुकानों में बैठता हूँ। श्रमजीवी और बुद्धिजीवी दोनों तबकों के बीच मैं समान रूप से लोकप्रिय हूँ। हल्की जेबवालों को मैं सस्ते मूल्य पर बेहतरीन डिजाइनवाले कपड़े पहनाता हूँ। फैशन और डिजाइन को कायदे से समझ लूँ और कुछ बड़ी कैपिटल इकट्ठी हो जाए तो गारमेंट्स मैन्युफैक्चरिंग का काम खुद शुरू कर लूँ। मैं अपनी दुकान में आनेवाले हर युवक-युवती को बड़े गौर से देखता हूँ। अगर वे औपचारिक संवाद से आगे व्यक्तिगत परिचय की ओर बढ़ते हैं और अपने जीवन की निजी बातें करते हैं, तो मैं उन्हें उचित मार्गदर्शन भी देता हूँ कि तुम अमुक क्षेत्र में लगो, तुम तमुक क्षेत्र में। अगर कोई शरीर से दुर्बल है, मगर उसके हाथ में अच्छी कलाकारी हो सकती है, तो उसे उस दिशा में जाने को कहता हूँ। कोई स्वस्थ-सबल है और पढ़ने से जी चुराता है, तो उसे खेल की ओर प्रवृत्त करता हूँ। कोई राजनीति का ज्ञान रखता है, तो उसे अखबारों में लिखने को प्रेरित करता हूँ और नहीं तो ढंग से भाषण ही देना सीखने को कहता हूँ, ताकि कोई राजनीतिक पार्टी उससे अपना मंच सफल करवा सके। कुल मिलाकर मैं व्यक्ति की खूबियों को समाज से परिचित करवाना चाहता हूँ...

...और ऐसा ही मैंने मानस के साथ भी किया। वह मेरी ही कॉलोनी के सेक्टर सेवन में रहता है और मैं सेक्टर टू में। वह स्वस्थ और सुन्दर है। आकर्षक और ठसकेदार कपड़े पहनता है। लेकिन वह किसी काम का नहीं है। उसके माँ-बाप दोनों अच्छे पदों पर काम करते हैं। उसका लालन-पालन भी कायदे से हुआ है। बावजूद इसके उसमें ऐब ही ऐब हैं। सारी सुविधाओं के बावजूद वह ढंग से पढ़ाई नहीं कर सका। जैसे-तैसे बी. कॉम. करके अब दिन-भर मटरगश्ती करता रहता है। घर में टी.वी. और वी.सी.पी. होते हुए भी सिनेमा हॉलों का चक्कर लगाया करता है। पार्कों में अड्डे जमाता है या सड़क के कलवर्ट पर बैठकर कॉलोनी की लड़कियों से 'वायरलेस लव' किया करता है। 'प्लेटोनिक लव' तो बड़ी ऊँची चीज है। वह मुझसे दसेक साल छोटा होगा, लेकिन हमारे बीच खुली बातचीत हो जाया करती है।

इस श्रेणी के लोग आमतौर पर अपने बच्चे की शिकायत नहीं करते, मगर मानस के पेरेंट्स अक्सर मुझसे उसके बारे में बातें किया करते थे कि मैं उसे समझाऊँ। वे उसके भविष्य को लेकर काफी चिन्तित रहते थे।

मानस जब भी मेरी दुकान पर आता तो फिल्मों की बातें करता। फिल्मों में उसके आदर्श अमिताभ बच्चन थे और राजनीति में स्व. संजय गांधी।

एक दिन मैंने उससे कहा कि तुम अपना आदर्श जिस किसी को बना सकते हो, मगर ध्यान रखना कि आदमी अक्सर अपने आदर्श की बुराइयों को तो अपना लेता है, उसकी अच्छाइयों को छोड़ देता है। मैंने उससे आगे के इरादे के बारे में पूछा।

"पापा कह रहे हैं कि सी.ए. ज्वाइन कर लूँ।"

"तुम तैयार हो?"

"जब पापा कहते हैं तो..."

"नहीं, यह कोई बात न हुई।" मैंने कहा, "तुम अपनी मर्जी से कोई क्षेत्र चुन लो।"

"अपनी मर्जी मैं खुद समझ नहीं पाता।"

यह अनिश्चय ही उसे किसी ढब लगने नहीं देता था। उस दिन वह अच्छे मूड में था। मेरी बात ध्यान से सुन रहा था। मैंने कहा, "देखो मानस! तुमने अब तक अपने भीतर कोई खासियत पैदा नहीं की। न तुमने कोई वोकेशनल शिक्षा ही ली कि उस ओर जा सको—तुम अगर ढंग के जेबकतरे भी होते तो एक बात थी। हाँ, तुम्हारे पास एक पूँजी है—तुम स्वस्थ और सुन्दर हो। स्टाइल में रहते हो। एलिट सोसायटी के असर के तहत अच्छे एक्सेंट में बातें कर लेते हो। क्यों न इस शरीर को ही भुनाओ। इसकी अच्छी कीमत मिल सकती है।"

"गनीमत है कि यह बात मुझसे कही है।" वह अचानक उखड़ गया, "यही बात किसी लड़की से कही होती, तो पता नहीं क्या हो जाता?"

"लड़कियों से भी कह चुका हूँ। कई मेरे कहे अनुसार अपने शरीर की कीमत भी वसूल रही हैं।" मैंने शान्त रहते हुए कहा, "पूरी बात तो तुमने सुनी

नहीं। आई नेवर से दैट यू शुड शो योर विरिलिटी इन अ ब्रॉथेल। मेरा मतलब है कि तुम अपने शरीर का इस्तेमाल कपड़ों के विज्ञापन में कर सकते हो। दरअसल आदमी के सारे क्रिया-कलाप के पीछे व्यवसाय की भावना काम करती है। अगर हम किसी से बात भी कर रहे होते हैं तो उसके भीतर अपनी किसी चीज का ग्राहक तलाश कर रहे होते हैं, और नहीं तो अपने किसी सद्गुण का विनिमय मूल्य यश में ही लगा लेते हैं। व्यवसाय और बाजार को मैं आधुनिक सभ्यता के प्राणतत्त्व मानता हूँ। जो चीज उपलब्ध नहीं हो सके उसके लिए कोई क्यों आकर्षित होगा और वही चीज उपलब्ध हो सकती है, जो बिकाऊ हो।"

"मॉडलिंग के बारे में मैंने कभी सोचा ही नहीं।" वह नार्मल हुआ।

"यही भूल है। अब तो सोचो। सही है कि किसी भी क्षेत्र में लेट कमर्स को थोड़ा ज्यादा स्ट्रगल करना पड़ता है, लेकिन लगन और धैर्य हो तो शुरुआत कभी और कहीं से भी की जा सकती है। देर-सवेर सफलता भी मिलेगी। हममें से अधिकांश की यह कमजोरी होती है कि हम एडवेंचरस नहीं होते।"

"इसमें काफी तगड़ा कॉम्पिटिशन है।" वह अनुत्साहकपूर्वक बोला।

"बिलकुल है।" मैंने कहा, "लेकिन तुम्हारा फिगर ऐसा है कि चांस जल्दी मिल जाएगा।"

"उसके लिए योग्यता भी तो चाहिए। महज फिगर से क्या होगा?"

"तुममें एक बॉडी लैंग्वेज है...एक वैलर अपील है। आजकल योग्यता से अधिक महत्त्व अवसर का है। एक बार ब्रेक थ्रू मिल गया तो समझो कि सेवेंटी परसेंट काम हो गया। मेरी कई कम्पनियों से जान-पहचान है। मैं तुम्हें इंट्रोड्यूस करवाऊँगा।"

मुझे कई मेन्युफैक्चररों के कार्ड मिले। अगले महीने की 27 से 30 तारीख तक रेडिमेड कपड़ों का गारमेंट्स फेयर होनेवाला है। बड़े-बड़े मेन्युफैक्चरर भाग ले रहे थे इस बार। उन लोगों ने हम डीलरों को आमंत्रित किया था। पिछले

फेयर में मैं भाग नहीं ले सका था। दुकान में पुरानी डिजाइनें ही चल रही थीं। मैंने मन बनाया कि इस बार फेयर में भाग ले ही लूँ। मानस का काम भी हो जाएगा और फैशन में आई तब्दीलियों से परिचित भी हो जाऊँगा। हमारे यहाँ के लोग संस्कारों में भले न बदलें, लेकिन फैशन की छोटी-सी तब्दीली की ओर भी झट लपकते हैं। दुकान के अनुभव से मैं देख चुका था।

मैंने मानस को वे निमंत्रण कार्ड दिखलाए। वह बड़ा उत्फुल्ल नजर आया।

अगले दिन मैंने देखा कि उसका हुलिया बदला हुआ है। वह जो बेतरतीब कुछ-कुछ पंक स्टाइल में बाल रखता था, उसे कटा आया है। रॉक स्टार माइकेल जैक्सन जैसी पतलून, टखनों से कुछेक इंच ऊँची, जिससे उसकी जुर्राब झलक रही थी। पोलो टी-शर्ट पहने और रेबेन के गॉगल्स लगाए मानस को पहली नजर में पहचाना ही नहीं गया।

"रियली, इट सूट्स यू।" मैंने मुस्कुराकर कहा, लेकिन मन-ही-मन मैं उसके इस भोंड़े नकलचीपने पर कुढ़ भी रहा था। 'चला मुरारी हीरो बनने' की तर्ज पर मैंने सोचा, "चला हे मानस मॉडल बनने।"

"हे...आर यू श्योर?" वह फुदका।

"यस...बट दीज आर आउट-डेटेड।" मैंने कहा, "तुम एकदम साधारण कपड़े में चलो। वहाँ उन लोगों को टाइप नहीं चाहिए। उन्हें भी एकदम नए लोगों, एकदम रॉ की तलाश करती है। उन्हें ऐसे लोग चाहिए, जिसे यहाँ का आम आदमी भी आइडेंटिफाई कर सके। मसलन कबीर बेदी को लो...'सान दोकान' इटालियन टी. वी. सीरियल के बाद वह वहाँ का स्टार माना जाने लगा है, वहाँ की लड़कियाँ अपनी जाँघ पर उसके ऑटोग्राफ लेती थीं, लेकिन यहाँ? इंडिया के लोग उसे स्वीकार नहीं कर सके। उसके ग्रीक स्टैचू की तरह के लुक को यहाँ का आम आदमी पचा नहीं पाया।" मैंने उसे कपड़ों की मॉडलिंग के कुछ रहस्य बताए और कहा, "इसी बीच तुम जरा मॉर्निंग वाक या जॉगिंग वगैरह करके अपने को और फिटफाट कर लो।"

हम लोग सत्ताईस की सुबह वहाँ पहुँच गए। फाइव स्टार होटल 'लेक व्यू'

फेयर के लिए ही पूरा बुक था। लॉन में घुसते ही गुजरात से आया प्रत्यूष बाविशी मिल गया।

"हैलो! कब आए?"

"जस्ट चला आ रहा हूँ।" मैंने हाथ मिलाया। वह अपने सूट की ओर ले जाने लगा तो मैंने रोका, "अभी फ्रेश-व्रेश होना है यार! यहाँ तो कोई कमरा खाली न होगा?"

"टू नॉट एट में हूँ।" प्रत्यूष बोला, "ऐसा करो, मेरेवाले में चलो।"

"अकेला नहीं हूँ। मेरे साथ ये भी हैं। इनसे मिलो..." मैं अभी मानस से प्रत्यूष बाविशी का परिचय करवानेवाला ही था कि वह बोल उठा, "अच्छा-अच्छा, भाई है न! छोटा भाई। इसे भी ट्रेनिंग दे रहे हो।"

"नहीं, ये मेरे दोस्त हैं मानस। तुम्हें तो पता है मैं इकलौता हूँ अपने माँ-बाप का और बीवी का भी।" मैंने हँसते हुए कहा, "ये बहुत अच्छे एक्टर हैं। अभी-अभी इन्होंने 'किसी एक फूल का नाम लो' किया है। मॉडलिंग से भी शौक रखते हैं।"

"बहुत अच्छा!" प्रत्यूष ने मानस से हाथ मिलाया, "यहाँ तो बहुत चांस हैं। यार केवल! ये तुम्हारे सगे भाई की तरह लगते हैं। इनके और तुम्हारे लुक में कोई फर्क ही नहीं है।"

"अबे, चश्मे का नम्बर बदल ले।" मैंने उसकी पीठ पर धौल जमाया। मस्केबाजी में मशहूर प्रत्यूष के पास से मैं टलना चाहता था। पिछले कुछ सालों से मेरा उससे व्यावसायिक सम्पर्क टूट चुका था। "प्रत्यूष! मैं कोई होटल बुक करके आ रहा हूँ तब बातें होंगी।"

"ऐसा करो, यहाँ से थोड़े फासले पर...तो जो माइक्रोवेव टावर है न, उसी के दाहिने बाजू में होटल अतिथि है। वह भी ए.सी. है। वहाँ मेरे मामू भी ठहरे हुए हैं।"

हम तुरन्त वापस चल पड़े। होटल 'अतिथि' में कमरे खाली थे। हमने एक डबल बेडवाला कमरा बुक करवाया। सामान जमा कर फ्रेश हुए। हल्का-सा

नाश्ता लिया। फेयर में एकाध घंटे बाद जाने से भी चलता। मैंने सोचा कि इसी बीच एक दोस्त से मिलता आऊँ। "मानस! मैं जरा हट्टन स्ट्रीट जा रहा हूँ। तब तक तुम आराम करो। या चलोगे?"

"तुम हो आओ।" वह बेड पर पसरते हुए बोला।

मुझे हट्टन स्ट्रीट में दो घंटे से ज्यादा लग गए। मैं फील कर रहा था कि मानस बोर हो रहा होगा। हाँफते हुए होटल पहुँचा तो मानस कमरे में नहीं था। मैंने मैनेजर से 'डुप्लीकेट की' माँग कर दरवाजा खोला। थोड़ी देर तक उसकी प्रतीक्षा करता रहा। वह नहीं आया तो उसे देखने के लिए मैं बाहर निकल आया। मेरे कमरे की बाईं ओर एक गैरेटनुमा जगह थी। वहीं खड़ा होकर देखने लगा। मानस दिख गया। वह एक एड्स के खिलाफ विज्ञापनवाले 'होर्डिंग' के पास खड़ा होकर किसी लड़की से बातें कर रहा था। लड़की का चेहरा साफ नहीं दिख रहा था। उसके चेहरे पर 'होर्डिंग' की छाया पड़ रही थी। मानस की पीठ मेरी ओर थी। उसके कन्धे के बराबर की वह लड़की उसकी ओट में आ-जा रही थी। वे दोनों काफी डूबकर बातें कर रहे थे। बतियाती हुई वह लड़की शायद हर वाक्य के बाद अपने सिर को झटका देती थी, जिससे उसके केश देर तक हिलते रहते थे। एक बार मन हुआ गैरेट के ऊपर से ही मानस को आवाज दूँ, लेकिन यह बेहूदा खयाल था। थोड़ी देर बाद मानस अपने आप होटल की ओर मुड़ा और कमरे की ओर उँगली उठाकर कुछ दिखाने लगा। उसकी नजर मुझसे टकराई तो उसने लड़की से कुछ कहा और तुरन्त ही उसे विदा कर झूमते हुए इस ओर आने लगा। लड़की ने लौटते हुए भी उसको दो-तीन बार देखा। मैंने मन-ही-मन कहा, "जबरदस्त बॉडी लैंग्वेज है इसके पास।"

"वह कौन थी?" मानस कमरे में आया तो मैंने पूछा, "कोई परिचिता?"

"नहीं, एड माँग रही थी। कहती थी, रेडक्रॉस से सम्बद्ध हूँ।"

"इनके चक्कर में पड़ना भी मत।" मैंने कहा, "ये रेडक्रॉस से नहीं, रेड लाइट एरिया से सम्बद्ध होती हैं। इन चालू मालों से तुम्हारा अभी साबका

नहीं पड़ा है। जानते हो एड और एड्स में केवल एस का फर्क है। कमरे का नम्बर भी बता दिया है क्या?"

"नहीं।" वह जरा-सा झेंपा, "यूँ ही पूछ रही थी।"

"निरे लल्लू हो यार!" मैंने कहा, "चलो फेयर में चलते हैं। उधर ही लंच लेंगे।"

'लेक व्यू' के सभी सूटों में अलग-अलग मैन्युफैक्चररों ने विभिन्न तरह की पोशाकें 'डिस्प्ले' के लिए सजा रखी थीं। सबसे पहले हम जयपुर से आए अरुण कोठारी के 'पिंक पैवेलियन' में गए। अरुण ने देखते ही तपाक से मेरा स्वागत किया। "आओ केवल! कार्ड मिला था न? तुम पिछली बार भी नहीं आए। देखो, इस बार राजस्थानी बुटीक में कैसे-कैसे माल आए हुए हैं। पहले यह बताओ...क्या लोगे? ठंडा या गर्म?"

"जेब ठंडी है यार! कुछ गर्म ही मँगवाओ।"

"ज्यादा गर्म मँगवाने से होंठों पर फफोले पड़ जाएँगे।" कपड़ों के गट्ठर के पीछे से अरुण की बीवी खड़ी होती हुई बोली।

"ओ...वही मैं पूछने जा रहा था कि भाभीजी इस बार क्यों नहीं आईं?" मैंने मिसेज कोठारी को नमस्ते की। मैं उस महिला का बड़ा ही सम्मान करता था। पति के वस्त्र उद्योग में वह बराबर का हाथ बँटाती थी। मिसेज कोठारी ने ही एक लौंडे को ऑर्डर दिया और मुझे कपड़े दिखाने लगीं। मानस वहीं खड़ा था। मैंने उसे बैठने के लिए कहा, तो मिसेज कोठारी ने उसकी ओर स्टूल बढ़ाते हुए कहा, "ये छोटे देवरजी हैं न? इन्हें भी इस लाइन में उतार रहे हैं?"

"नहीं, भाई नहीं हैं। ये मेरे दोस्त हैं मानस। मॉडलिंग का शौक रखते हैं।"

"तो इनसे नाइटी का प्रचार करवा लेते हैं।" मिसेज कोठारी ने मानस को भी दिल्लगी में शामिल कर लिया।

मैं कुछ चौंक-सा गया। इस बार सचमुच। क्या बात है कि मानस को लोग मेरा भाई समझ रहे हैं। मैंने मानस को सैकड़ों बार देखा होगा, लेकिन आज तनिक गड़कर देखने लगा। उसका रंग साँवला था, मेरा ह्वीटिश। उसका

शरीर लम्बा और स्लिम था और मेरा शरीर दिन-भर दुकान में बैठे रहने से और एक्सरसाइज वगैरह छूट जाने से थोड़ा बल्की हो चला था। वह मुझसे सुन्दर था...चिजिल्ड फेश, उठी हुई नाक, ओवर नाइस, जबकि मेरा चेहरा ज्यादा मास्क्यूलिन था। कहीं से भी हमारा फिजिकल या फेशल साम्य नहीं बैठ रहा था। मैंने मिसेज कोठारी से पूछ ही लिया, "क्या सचमुच हम लोग भाई-से लगते हैं?"

"ऑन फर्स्ट साइट, नो वन कैन से दैट यू आर नॉट किन।" अरुण ने भी कहा।

"चलो अच्छा हुआ।" मैंने हँसकर कहा, "मानस! अब तुम्हें अपना भाई कहकर ही परिचय दूँगा। इससे तुम्हें काम मिलने में आसानी होगी।"

वह भी हँसने लगा। अरुण मुझसे कपड़ों का ऑर्डर माँगने लगा।

"अभी थोड़ा दे रहा हूँ। जरा फैशन शो देख लिया जाए तब और ज्यादा। इस बार तो ढेर सारे चेंजेज देख रहा हूँ।"

"कहाँ, यार?" अरुण बोला, "हमारे यहाँ लाइफ-स्टाइल सालों-साल नहीं बदलती, सो फैशन के क्षेत्र में भी हम थोड़े से हेर-फेर के साथ वही नए और पुराने के बीच पेंडुलम की तरह डोलते रहते हैं। फैशन शो में भी तुम देखना, अधिकतर लोग खरीदार आएँगे। फैशन उनके जीवन का अंग नहीं बन पाया है।"

अरुण ने मुझे अपनी कम्पनी का लेबल लगा स्वेट चमड़े का एक बड़ा-सा आकर्षक थैला प्रेजेन्ट किया। मिसेज कोठारी ने मानस को भी एक वही थैला दिया। मैं कपड़े देखने में मशगूल हो गया। मानस ने अरुण की ओर देखकर दो उँगलियाँ ऊपर उठाईं।

"अन्दर से चले जाइए।" अरुण ने रास्ता बता दिया।

मानस टायलेट से बाहर आया तो हम लोग अन्य कमरों में भी गए। सिले-सिलाए नए वस्त्रों की नई डिजाइनें और रंग देखते हुए। हर जगह से कुछ-न-कुछ गिफ्ट मिलता। कहीं से रूमाल, कहीं से बैग, कहीं से पेन और

जॉटिंग पैड तो कहीं से की-रिंग। ये सब चीजें मानस को भी मिलतीं। वह इन्हें बड़े उत्साह से सँभालता।

शाम को साढ़े सात बजे फैशन शो शुरू हुआ। तमाम डीलर और मेन्युफैक्चरर होटल के बैन्क्विट हॉल में एकत्र हो गए थे। एक सिरे पर पार्क्वेट फर्श से डेढ़-दो फुट ऊँचा स्टेज बनाया गया था और बैन्क्विट हॉल को लगभग बीचोबीच से चीरता हुआ लकड़ी एक लम्बा प्लेटफॉर्म चला गया था, जिसके दोनों ओर हम देखनेवाले थे। म्यूरल पेंटिंग से सजे हॉल में रंग-बिरंगी लाइटें एक खास रिद्म में जल-बुझ रही थीं। थोड़ी-सी प्रतीक्षा के बाद एनाउंसर की मेटलिक साउंड गूँजी...'सो नाउ लेडीज़ एंड जेंटलमेन! हियर वी कम आफ्टर वन लांग इयर टु दिस ब्यूटीफुल सिटी ऑफ जॉय विद ए वैगन लोडेड विद फैशन गारमेंट्स टु फिल योर लाइफ विद कलर्ज। वी बिगिन विद नसीम क्रिएशंस...' इसके बाद पंजाबी भाँगड़े का उत्तेजक संगीत बजने लगा। चार-पाँच खूबसूरत और स्वस्थ मॉडल नई-नई पोशाकों में थिरकती हुई आईं। वे मंच पर धीमी गति से चहलकदमी करने लगीं। पूरा हॉल अँधेरे में डूबा था। केवल मॉडलों के जिस्म पर रोशनी के शहतीर अलग-अलग डाइमेंशन से गिर रहे थे। एनाउंसर बोले जा रहा था...'ऐज यू आर ऑल अवेयर दैट नसीम क्रिएशंस वेयर द फर्स्ट रनर अप इन द प्रिवियस गारमेंट्स फेयर हेल्ड इन बेंगलोर। दिस टाइम दे हैव पुट इन देयर क्रिएटिव बेस्ट इन देयर फैंटास्टिक रेंज ऑफ सलवार-सूट्स, भोपाली सेट्स एंड लहँगा-चुन्नी सेट्स...' मॉडलें मंच से हटकर प्लेटफॉर्म पर चली आई थीं। वे गोल दायरे में घूम रही थीं, ताकि देखनेवाले उन्हें आगे और पीछे से भी देख लें। विभिन्न रंगों की रोशनी उनकी सुघड़ देह पर इस प्रकार से गिर रही थी कि उनकी गोलाइयाँ और उभार अपनी पूरी विवृति में स्पष्ट हो गई थीं। पृष्ठभूमि में बजता भाँगड़े का मस्त और उत्तेजक संगीत उनकी पेशियों और पोशाकों को थिरका रहा था।

मैंने नीम अँधेरे में अपनी पॉकेट डायरी में पोशाकों के कुछ फीचर्स नोट किए। मानस मेरी बगल में था। मैंने उसके कान में हौले से कहा, "गौर से

देख रहे हो न।" मैं महसूस कर रहा था कि वस्त्र अपने आप में खूबसूरत नहीं होता, बल्कि देह के उतार-चढ़ाव ही उसे कलात्मकता प्रदान करते हैं। उन मॉडलों में से जिसकी देहयष्टि लयात्मक थी, उसकी पोशाक भी उतनी ही भड़कीली लग रही थी। मैं उन मॉडलों को टुकड़े-टुकड़े में देखने लगा। उनके चेहरे, उनके कन्धे, वक्ष, कमर, कूल्हे, नितम्ब और पिंडलियों को। मैं इन अंग-उपांगों की अलग-अलग कीमत लगा रहा था। अपनी देह की पूँजी का उन लोगों ने कितना बेहतरीन इस्तेमाल किया है। विभिन्न पत्र-पत्रिकाओं में उनके चित्र प्रकाशित होंगे और उन्हें देखकर ऐसा ही लगने के भ्रम में आम भारतीय लड़कियाँ ये कपड़े खरीदेंगी। मुझे विज्ञापन की शक्ति का अन्दाजा लगा कि किस तरह से वह भौतिक वस्तु को मानसिक आवश्यकता में बदल देता है। मैं अभी सोच ही रहा था कि म्यूजिक क्रेसेंडो पर आ चला था और जोरदार तालियों से स्वागत किया जा रहा था।

एक छोटे से पॉज के बाद एनाउंसर की आवाज उभरी...'नाउ इट इज टाइम फॉर लंडन फैशन एंड दिस टाइम दे हैव फोकस्ड देयर डिजाइन ऑन ब्लैक एंड गोल्डन जरी वर्क। हियर दे आर इन देयर फुल स्पलेंडर एंड ग्लोरी...' बैकग्राउंड में मुगल संगीत बजने लगा था।

मानस ने मेरे कान में कहा, "यहाँ तो केवल लड़कियों के लिए स्कोप है। लड़के किस फैशन के काम आएँगे?" वह लम्बी-लम्बी उबासियाँ लेने लगा।

"धैर्य रखो। उनका भी नम्बर आएगा।" मैंने आहिस्ता से समझाया और जरीदार पोशाकों के बारे में नोट्स लेने लगा।

इसी बीच मानस न जाने कब उठकर जा चुका था। मैंने उसकी ओर देखा तब उसकी अनुपस्थिति पता चली। मैं बेचैन होकर उसे देखने लगा। वह जब आया तब वेस्टर्न म्यूजिक शुरू हो चुका था। एनाउंसर की आवाज फिर गूँजी...'ऐज यू आर ऑल अवेयर लेडीज एंड जेंटलमेन! हाउ इम्पोर्टेंट इट इज टु मूव विद टाइम्स इन दिस एज ऑफ कॉम्पिटिशन एंड टु मीट दिस रिक्वायरमेंट। एविस जींस ब्रॉट टू यू देयर लेटेस्ट कलेक्शन ऑफ डिजाइनर

जींस—द टफ्स वंस...हॉल में घोड़ों के टाप की आवाज उभरी। हॉल के बीचोंबीच वाले प्लेटफॉर्म को फ्यूमिगेट कर दिया गया। सफेद धुएँ को रौंदता हुआ एक छरहरा मॉडल धारीदार शर्ट और नीली जींस पहने किसी ग्लैडिएटर की तरह पैर रखता आगे बढ़ रहा था। दूधिया रोशनी का बीम उसके हिप और थाई पर पड़ रहा था। तीन और मॉडल अलग-अलग स्टीचिंगवाली जींस पहने धुएँ पर तैरते आ रहे थे। मुझे लगा कि मानस इसमें वास्तविक आनन्द ले रहा होगा, क्योंकि यह उसके मन लायक था। मैंने उसकी ओर कुछ कदरदानी की उम्मीद से देखा कि लो, तुम्हें कैसी जगह पर ले आया। अब तक वहाँ किसी कलवर्ट पर बैठे सीटी बजा रहे होते। लेकिन उसे देखकर मुझे धक्का-सा लगा। वह बहुत अनईजी फील कर रहा था। उसका चेहरा पसीने से तर-बतर था। उसने भरे हुए थैले का हैंडल कसकर पकड़ लिया।

"क्यों, क्या हुआ?"

"चलो यहाँ से।" वह उठने लगा।

शायद उसकी तबीयत ज्यादा खराब हो गई थी। "डोंट वरी। मेरे पास डिपेंडल की गोलियाँ होंगी।" मैं भी उसके साथ उठ आया। उसके बार-बार टायलेट जाने से मुझे लगा कि पेट-वेट खराब हो गया होगा।

होटल अतिथि तक वह लड़खड़ाते हुए चला, भारी-भरकम थैले को कभी इस हाथ तो कभी उस हाथ में पकड़ते हुए। मेरे माँगने पर भी उसने थैला मुझे नहीं पकड़ाया।

कमरे में जाकर उसे शान्ति मिली। मैंने कहा, "उठाओ उसे। मेरी दाढ़ी बनानेवाले पाउच में डिपेंडल की गोलियाँ होंगी। कोई एंटी-नॉसिएटिक टैबलेट भी ले लो।"

"उसकी जरूरत नहीं है।" रेक पर थैला रखकर वह निश्चिन्त हो गया। वह बेड पर आराम से पसर गया। उसकी सारी बीमारी भाग गई लगती थी।

"तो इस तरह शो के बीच से उठकर क्यों चले आए?"

"यूँ ही। वहाँ अच्छा नहीं लग रहा था।"

"यार, इस तरह करने से कैसे चलेगा?" मैं झल्लाया, "तुमने जींसवाला शो भी ठीक से नहीं देखा। मैं बात किसके लिए चलाऊँगा?"

"वह तो तुम चलाओ। कल पूरा देखेंगे।"

मुझे तो लगा कि आज पहला दिन है। सम्भवत: उसे अच्छा न लगा हो। मैंने टेंशन फ्री करने के इरादे से उसका थैला उलटते हुए कहा, "देखूँ तो, आज कौन-कौन-से गिफ्ट्स मिले हैं। तुम्हें तो लगता है कि मुझसे भी ज्यादा मिला है।"

थैला उलटते ही वह बिल्ली की तरह झपटा और सामान समेटने लगा।

मैं भी चौंक गया। थैले से तमाम गिफ्टों के अलावे हेयर जिलेटिन, शैम्पू, विदेशी कैमे साबुन, कंघी, शुगर क्यूब्स और दो अदद लार्ज साइज के बेहतरीन तौलिए निकले।

"ये सब कहाँ से मारे, तुमने?"

"क्यों, क्या हुआ?" वह निर्लज्ज की तरह हँसकर बोला, "रख न यार! काम आएगा।"

मैं समझ गया, वह बार-बार टायलेट क्यों जा रहा था। ये सारे सामान उसने टायलेट से और रूम सर्विस कैरेज से उठा लिए थे। "यह तुमने क्या किया मानस?" मैं उबल पड़ा, "जिस सोसायटी में तुम आए हो, उसका तौर-तरीका जानते हो? उसकी प्रतिष्ठा जानते हो? यहाँ इस तरह किया जाता है? तुम्हें जो कुछ दिखा, उठाईगीरों की तरह उसे थैले में भरते गए। क्या सोचेंगे होटलवाले?...मेन्युफैक्चरर?" मैं माथा पकड़कर बैठ गया, "तुम्हें किस चीज की कमी थी? मुझसे माँग लेते। खरीद लेते। पकड़े जाने पर जानते हो कितनी फजीहत होती। लुच्चे...लफंगे...चोर!"

"जिनका लिया है, वे सब भी चोर हैं।" वह धीरे से बोला, "हमारी ही जेब से लेते हैं वे।"

"तुम निरे लम्पट हो, अब समझा। सुबह तुम उस लड़की को कमरे में बुला रहे थे। तुम्हारी इतनी हिम्मत? नीच! कमीने! तुम मेरे साथ आए कैसे?

जानते हो लोग मुझे कितनी इज्जत देते हैं। तुमने आज मुझे नंगा किया है। मेरी दोस्ती को गाली दी है।" मैं न जाने क्या-क्या कहता गया। मेरी इच्छा हो रही थी कि मार-मारकर मानस का थोबड़ा खराब कर दूँ। उसे सारे सामान के साथ घसीटते हुए होटलवालों के सामने ले जाकर पटक दूँ। लोग इस पर थूकें। तमाचे और लातें मारें।

मेरे गुस्से की तीव्रता को समझकर वह चुपचाप खिड़की के बाहर देखने लगा। काफी देर तक इकतरफा बकबक करने के बाद मैंने सिगरेट सुलगा ली और ईजी चेयर पर बैठकर उसके चुराए सामान को देखने लगा। वे मुझे एक्सक्रेटा की तरह गलीज लग रहे थे। चोरी जैसे घटिया काम के लिए मुझे कुछ सोचना तक गवारा न था।

"जानते हो, बड़े-बड़े होटलों में ये सब चीजें यूँ ही रखी रहती हैं। टायलेट सोप के सिवा और किसी चीज का कोई भी सभ्य आदमी इस्तेमाल तक नहीं करता। सारे लोग अपनी-अपनी प्रसाधन सामग्री लाते हैं।" मेरी बड़बड़ाहट जारी थी। मैं समझ नहीं पा रहा था कि मानस का क्या कर दूँ। "न तुम्हारे पास मैनर है, न कोई जानकारी। मैं लोगों से तुम्हारा परिचय करवा रहा था और तुम उन्हें विश भी नहीं कर रहे थे। तुम सभ्य सोसायटी में रहने लायक नहीं हो। तुम लोग जन्मजात चोर होते हो। साले भुक्खड़। सुधीर नाइक क्रिकेट खेलने इंग्लैंड गए और वहाँ उन पर मोजे चुराने का इल्जाम लग गया। चुराया हो या नहीं, लेकिन देश के गौरव को कितना धक्का पहुँचा। तुम्हारे जैसों की वजह से सिंगापुर या बैंकाक में दुकानदार इंडियनों को सामान तक नहीं छूने देते।" मेरी पूरी सिगरेट उँगलियों में ही जल गई। मैंने जल्दी-जल्दी एश-ट्रे में फिल्टर रगड़ा। "कल सुबह तुम यहाँ से दफा हो जाना।" मेरे सिर में दर्द होने लगा था। बिना कपड़े बदले लेट गया। खाने की तलब नहीं थी। मानस से जानबूझकर नहीं पूछा। सवाल ही नहीं था ऐसे चोर को खिलाने का।

मैंने अपनी दुकान में खलील जिब्रान की एक उक्ति "वस्त्र तुम्हारे सौन्दर्य को प्रच्छादित करते हैं, किन्तु वे तुम्हारी कुरूपता को ढक नहीं

पाते।" इटैलिक अक्षर में लिखवाकर टाँग रखी थी। लेटे-लेटे मैं उस उक्ति की सत्यता पर विचार करने लगा। सचमुच भीतर की कुरूपता आकर्षक वस्त्रों से नहीं छुप पाती।

सुबह उठा तो बदन टूट रहा था। सिर में चक्कर-से आ रहे थे। सिगरेट उठाने के लिए मेज की ओर हाथ बढ़ाया तो पानी की बोतल धड़ाम से उलट गई। मानस भी उठ चुका था। मैंने उसे देखा भी नहीं। कौन सुबह-सुबह मनहूस का चेहरा देखे। उठकर वह बाथरूम की ओर जाने लगा तो मैंने रोक दिया, "मुझे आ लेने दो।"

वह सहमकर रुक गया। तनाव से उबरने का एक ही उपाय था कि नित्य-क्रिया से निबटकर मैं जी-भरकर नहाऊँ। कपड़े पहने ही मैं शावर के नीचे बैठ गया। काफी देर तक इस तरह बैठने के बाद सारे कपड़े उतार डाले। फिर न जाने कितनी देर तक इस अवस्था में बैठा रहा। पता नहीं मैं किसको पीड़ा दे रहा था...स्वयं को या निबटने के लिए बेचैन मानस को।

सिहरन लगने लगी। हथेली और तलवे के चमड़े सिकुड़ चले थे। खड़ा हो गया। शावर बन्द किया। बेसिन के ऊपर शीशे पर भाप जम गई थी, इसलिए चेहरा धुँधला नजर आया। अब बदन पोंछकर निकलना चाहिए, लेकिन बाथरूम में तौलिया लाना भूल गया था। मैंने दरवाजे का सिरा जरा-सा सरकाकर उसका नाम लिए बिना माँगा? 'तौलिया...' वह अपना सामान पैक कर रहा था। बड़ी देर तक उसने मेरी प्रतीक्षा की होगी। उसे तंग करके मुझे सन्तोष मिल रहा था।

बिना कुछ बोले उसने आलने पर रखा मेरा तौलिया उठाया और मुझे पकड़ा दिया। कल नहाने के बाद मैं तौलिया फैलाना भूल गया था। उसमें से गुमसाईंध (सीली) गन्ध आ रही थी।

सामान समेटता मानस उन दोनों तौलियों को उलट-पुलटकर देख रहा था। फिर वह उन्हें तहियाने लगा। मैं सरकाए दरवाजे से उसकी कारगुजारी देख रहा था। यह केवल चोर ही नहीं बेईमान भी है। देखो, कैसे समेट रहा है, मेरे

साथ बराबर के गिफ्ट्स लेते समय भी। यह हर तरह से नीच है। मन-ही-मन उसे कोसते हुए मैं जोर से बोल पड़ा, "दोनों तुम्हीं रखोगे? बेईमान। लाओ उसमें से कोई एक।"

बिना किसी प्रतिक्रिया के उसने एक तौलिया मुझे पकड़ा दिया। मैंने तौलिया लेकर खट से दरवाजा बन्द कर लिया। हौले-हौले बदन पोंछने लगा। ऑरेंज रंग का वह बड़ा ही उम्दा तौलिया था। काफी बड़ा और चूजे की तरह उसके रोएँ मुलायम थे। उस तौलिए से बदन रगड़ने पर एक नामालूम-सी उत्तेजना महसूस होने लगी। न जाने मुझे क्यों लगा कि इस बार भी मानस ने अपने लिए अच्छावाला तौलिया रख लिया है। बेईमान कहीं का। उसे कोसते हुए मैं बेसिनवाले शीशे के सामने खड़ा होकर गर्दन, काँख, छाती रगड़ने लगा। शीशे पर जमी भाप छँट रही थी। अचानक उसमें मानस का धुँधला-सा चेहरा झलका। हाजत का दबाव शायद वह सह न सका था...और मैं नंगा खड़ा था, मैं चीखा, "बेवकूफ! मुझे निकल तो जाने दो। तुम्हें तनिक भी तमीज नहीं है।" मैंने झट से कमर पर तौलिया लपेटा और पीछे की ओर मुड़ा। बाथरूम का दरवाजा तो ज्यों-का-त्यों बन्द था। तो यह मानस देख कहाँ से रहा है? मैं फिर आईने से झाँकने लगा। वहाँ अभी भी मानस का चेहरा दिखलाई पड़ रहा था। मेरा चेहरा कहाँ गया? बदहवासी में तौलिया लपेटे ही मैं बाथरूम से निकल आया।

मेरी अनुपस्थिति में ही मानस जा चुका था। उसके सामान भी नदारद थे। मैंने घबराकर अपने सामान पर नजर दौड़ाई, कहीं चोर ने...

मेरे सामान ज्यों-के-त्यों थे, बल्कि उसके चुराए सामान भी यूँ ही पड़े थे। मुझे अपने सामान को देखकर आश्वस्ति-सी हुई। धीरे-धीरे चलकर मैंने उसकी लाई कंघी उठाई और केश झाड़ने लगा। वह जेसोर में बनी सीप की कंघी थी।

मैं अपने सूट में अकेला था फिर भी घबराहट महसूस हो रही थी। लग रहा था कि चुराया हुआ वह तौलिया काफी बड़ा होता जा रहा है। आदमी से

भी बड़ा। बढ़ते-बढ़ते वह तौलिया पूरे कमरे में फैल गया है, और मैं उसके एक कोने पर किसी लेबल की तरह चिपका हुआ हूँ। घबराकर मैंने तौलिया नीचे गिरा दिया, हालाँकि मैं नंगा खड़ा था।

[पूजा वार्षिकांक 1992 में 'आज' में प्रकाशित]

डमर*

दोपहर हो गई थी। पन्द्रह-बीस झोंपड़ों का छोटा-सा पुरवा खाली-खाली लग रहा था। सारे मर्द सुबह-सुबह चले गए थे। पकड़कर ले जाए गए थे। घने जंगल के एक टुकड़े को साफ कर बसा था पुरवा। सेमल, केर, खैर, कठजामुन और साखू के पेड़ अधिक थे जंगल के इस हिस्से में। दो पेड़ों की फाँक में बेंत की लताएँ उगकर जंगल को और घना करती थीं। पुरवे तक एक कच्ची डगर गई थी।

इसी कच्ची डगर से वे आए थे। बड़े-सवेरे, तड़के, लोग अभी दिशा-फरागत के लिए उठे ही थे। बच्चों की आँख से अभी नींद चिपकी हुई थी। वे जीप और लॉरी से आए थे। धूल उड़ाते हुए। आते ही उन्होंने पुरवे को घेर लिया था। वे दस्ती माइक से चिल्लाए। हवा में गोलियाँ दागीं। पुरवे की ओर से जवाब न मिला तो घर-घर की तलाशी लेने लगे। जिसकी तलाश थी, वह न मिला। तो गाँववालों पर कहर टूटा। मर्द-मानुस पीटे गए। सिपाहियों ने औरतों को धक्का दिया। कपड़े फाड़ डाले। कुजगह हाथ डाले। ढोर-डाँगरों पर डंडे बरसाए। मुर्गे, बकरे जीप पर लाद लिए। घड़े फोड़ डाले। दरवाजे तोड़ डाले।

---

* *डमर*—एक राजा का दूसरे राजा से भय, भाव-भंगिमा और ललकारों से शत्रु को भयभीत करना, भयवश किसी परिवार या पूरे समाज का विस्थापन।

सारे मर्दों की कमर में रस्से और हाथ में हथकड़ियाँ डालकर थाने तक ले जाया गया। बच्चे रोते-चीखते रह गए।

रह गईं औरतें। पिटी, अपमानित, आशंकित, बाल बिखराए, आँचल छितराए, सिर लटकाए बैठी थीं। आँसू सूखकर पपड़िया गए थे। औरतों ने चूल्हा नहीं जलाया था। चावल नहीं राँधा था। निगोड़ी भूख मर गई थी। रह गईं औरतें एक साएदार पेड़ तले बैठी थीं। कभी-कभार डगर की ओर देख लेती थीं। लेकिन इतनी जल्दी थोड़े छूटेंगे वे। सूनी डगर, सूना मन, भारी मौसम, भारी मन।

सुबह का दुख भूलकर बच्चे अब खेलने लगे थे। दोल्हा-पाती, गिल्ली-डंडा। एक बच्चा जो पिलपिला था, आठ-दस साल का, उसकी चड्ढी कमर से खिकसती रहती थी। हाथ-पैर सरकंडे की तरह थे। पसली-पसली दिखती थी। वह लड़कों के झुंड में नहीं जा पाता था। बलवान लड़के उसे चिढ़ाते थे। नाली-गुच्ची में ढकेल देते थे। सिर पर तड़ी जमाकर भाग जाते थे। पीछे से चड्ढी सरकाकर उसमें केंचुए या टिड्डे छोड़ देते थे। उसकी कमजोरी का मजाक उड़ाते थे। खेलने की दिली इच्छा होने पर भी वह उनके संग नहीं रह पाता था। अपने घर के अगवाड़े या माँ के पास पड़ा रहता था। लड़कियों के बीच खेलता था। लड़कियाँ उससे ढील हेरवाती थीं, अपना काम करवाती थीं, या वह दिन-भर अपनी माँ को दिक किया करता था।

आज वह भी गुमसुम पड़ा था। उदास, सिपाहियों से डरा। कल कैसे बोल रहा था। अटर-पटर, पाँचू का ब्याह हो रहा था। वह अपनी माँ से पूछ रहा था, "माँ, विवाह कैसे होता है?"

"देखते नहीं, सामने तो हो रहा है।" बोलकर माँ भी उस अनोखे विवाह को देखने लगी थी।

"विवाह में क्या होता है?" वह उसकी गर्दन में पतली-पतली बाँहें डाल कर झूल गया था।

"सिन्दूर पड़ता है। देखो न।"

"तुमको सिन्दूर पड़ा है?"

"हाँ, पड़ा है।"

"कहाँ?"

"देखते नहीं। माँग में।"

वह माँ की माँग देखने लगा था। वहाँ पीला भखरा सिन्दूर पड़ा था। "तुझे भी इसी माई थान में सिन्दूर पड़ा था?"

"ना रे, यहाँ क्यों पड़ेगा! मेरे नैहर में पड़ा था।"

"कहाँ है तेरा नैहर?"

"तू गया नहीं है वहाँ! तेरे मामा गाँव। वहीं न मेरा नैहर है। वहाँ मेरे बापू रहते हैं। माँ रहती है।" औरत अपने माँ-बापू की याद में चली गई थी।

"माँ! तू अपने माँ-बापू के पास क्यों नहीं रहती?"

"भला, जिन्दगी-भर अपने माँ-बाप के पास रहा जाता है!"

"तब मुझे क्यों कहती हो कि अपने माँ-बापू के पास रहो। जंगल में अकेला मत जाओ...बोल माँ! तू यहाँ क्यों है?"

"यहाँ मेरी ससुराल है। बड़ा होने पर ससुराल में रहना होता है।"

"मैं भी बड़ा होने पर ससुराल में रहूँगा?"

"पहले बड़ा तो हो ले। फिर जो मन भाए वह करना।" माँ को इस भाँति निरर्थक बकबक करना सुहा नहीं रहा था। लेकिन दुत्कारे बच्चे की वही अकेली संगी थी।

"अच्छा माँ, बापू की ससुराल कहाँ है?"

"किसके बापू की? तेरे बापू की या मेरे?"

"मेरे बापू की?"

"तू गया नहीं है वहाँ! तेरे मामा गाँव। वहीं न तेरे बापू की ससुराल है।" वह अपने ब्याह के दिनों में लौट गई थी। कितनी छोटी और कमबूझ थी वह उस वक्त। साड़ियों की घेर उसके कद से बड़ी थी...लेकिन सब कुछ बड़ा अच्छा, खेल-खेल जैसा लगा था। ब्याह के बाद दोनों साथ-साथ सोते भी थे

और मामूली-सी बात पर मारपीट भी करने लगते थे। तब सास-ससुर पुचकारकर समझाते-सिखाते थे...और आज का यह ब्याह...लड़की डरी-डरी-सी।

"माँ, जब तू अपनी ससुराल में रहती है, तो बापू अपनी ससुराल में क्यों नहीं रहते?" माँ को कुछ जवाब नहीं सूझा था। उसने डाँटकर लड़के को चुप करा दिया।

वह अपने साईं गोबरधन की खैर मनाने लगी थी। पुरवे के सारे लोग पाँचू की अनोखी शादी देखने में मशगूल थे। लेकिन उसका जी धड़क रहा था। उसने साईं को चेताया था कि आज की रात तुम गैरहाजिर मत रहो...तुम्हें न पाकर पाँचू के मन में खामखा शक उपजेगा।

आखिर वह बात हो ही गई...वह छटपटा रही थी। हमेशा बकबक करनेवाला वह पिलपिला लड़का भी गुमसुम था। अनाम के डर से। उसने खाने को माँगा जो बना नहीं था। वह उठकर घर में गई। दो लड्डू लाकर दे दिए, "ले खा और पाँचू मामा की जोड़ी को रोंवा-रोंवा से असीस दे।" दिखाना चाहती थी कि वह भी खुश है।

लड़का लड्डू खाने लगा। बड़ी एहतियात से। एक-एक बूँदी चाटते हुए।

कल ही लड्डू बँटा था पुरवे में। पाँचू ने बाँटा था। वह डकैत था। उसके जिन्दा या मुर्दा सिर पर दस हजारी इनाम टँगा है। कोई पकड़ा देगा तो उसे इनाम मिल जाएगा। गौरमिंट की ओर से। लेकिन पाँचू को पकड़ना आसान नहीं है। उसके बदले में गाँववाले पकड़े जाते हैं। पुलिस उन्हें मारती है। मुखबिर बनने का लालच देती है। पुलिस कहती है कि जंगल में इस तरह के जितने गाँव-पुरवे हैं, वहाँ के लोग डाकुओं से मिले हुए हैं। उन्हें अपने यहाँ ठहराते हैं। आटा-चावल और साग-भाजियाँ पहुँचाते हैं।

गाँववाले दोनों ओर से रौंदे जाते हैं...पुलिस का कैम्प गिर गया तो घर-घर से रसद पहुँचाओ। दूध-दही का उठौना दो। पुलिसवाले एक पैसा नहीं देंगे। मुफ्त में मुर्गे-मुर्गी, बकरा-बकरी हजम कर जाएँगे। गौरमिंट कहती है कि हरिन मत मारो। लेकिन पुलिसवाले गाँववालों से कहेंगे कि हरिन पकड़कर

लाओ, नहीं तो जुरमाना ठोकवा देंगे। अपना धन्धा छोड़कर गाँववालों को हरिन-खरगोश के पीछे भागना पड़ता है। गाँव में डाकू भी ठहरते हैं। लेकिन वे मोल से अधिक पैसा देते हैं। गरीब-गुरबे की मदद भी करते हैं। बेटियों के विवाह पर एकाध थान लूटे गए गहनों में से भी दे देते हैं। बिना गिने रुपए तो देते ही हैं। पुलिसवाले उलटे गरीबों को ही सताते हैं। झूठे मुकदमों में चालान कर देते हैं। डकैती, खून या पेचीदा मामलों के सुराग हाथ न लगने पर ऐसे लोगों को पकड़ लेते हैं, जिनका उस मामले से दूर-दूर का रिश्ता नहीं होता। पिलपिले लड़के का बाप गोबरधन दसियों बार पकड़ाया होगा। पुलिस कहती है मुखबिर बन जाओ और पाँचू को पकड़वा दो, नहीं तो हम इसी तरह डंडा करते रहेंगे, मान लो एक बार पाँचू को पकड़वा दिया तो फिर कोई नया छट्ठू पैदा हो जाएगा...छट्ठू को पकड़वाओ तो कोई सातू। पाँचू कहता है कि गोबरधन तुम हमारे दल में आन मिलो, जिस तरह पुलिस के सताए अधिकतर लोग दल में शामिल हो गए हैं। गोबरधन 'किधर जाए किधर नहीं' के अमहम में दोलता रहता है।

यही इनकी नियति है। इस इलाके की मिट्टी ही ऐसी है। मलेरिया और मच्छरों से भरी भाँवर-तराईवाली मिट्टी वैसे है तो बड़ी उपजाऊ। पानी पड़े तो एकदम मक्खन-मलाई की तरह हो जाती है। मुट्ठी बाँधकर बोओ और पंजे फैलाकर काटो। लेकिन सबै भूमि गोपाल की नहीं है। इने-गिने लोगों के हाथों में सारी उपजाऊ जमीनें हैं। गोपाल-चरवाहों की जाति के लोग या तो जन-मजूरी करते हैं या चोरी-राहजनी जैसे अपराध। इस तरह के लोग गंडकी नदी किनारे-किनारे बलुआही जमीन पर मँड़ई-पलनी लगाकर वास करते हैं। नदी का कोई ठिकाना नहीं। आज यहाँ तो कल कहाँ...बरुण देव भी नहीं जानें। हर साल राह और धारा बदलती रहती है नदी। बाढ़ आने पर ढेर सारा बालू लाती है, पहाड़ों का तन घिसकर, जिसे उपजाऊ खेतों में पसार देती है। खेतों को काट-छाँट देती है। नदी हर साल लोगों को लूटती है तो लोग एक-दूसरे को ही लूटते हैं।

कल ही पाँचू आया था। कल नहीं, बल्कि परसों रात को। इस बार गजब किया उसने। इसी इलाके से चुने गए मंत्री जी की बेटी को उठा लाया था। वह एक पहाड़ी शहर के कॉलेज में पढ़ती थी। पाँचू ने उसके बारे में राई-रत्ती का पता लगाया...क्लास, नम्बर, नाम, हॉस्टल के कमरे का नम्बर, उसकी आदतें, एक आदमी इंस्पेक्टर की वर्दी पहनकर गया। सफेद गाड़ी लेकर। एक टोकरी जरदा आम लेकर। लड़की को जरदा आम खूब भाते थे, लेकिन खाती कम थी और धाक जमाने के लिए बाँटती अधिक थी। वह आदमी अँगरेजी में बोला कि मंत्री जी अपने दल की एक सांगठनिक बैठक में आए हुए हैं। दिन-भर उसी में उलझे रहेंगे। शाम तक वापस भी हो जाना है। आपको वहीं बुलाया है। गेस्ट हाउस में। लड़की को जरा-सा भी शक नहीं हुआ। दुनिया को हड़का कर रखनेवाले बाप की बेटी को शक भी कैसे होता! जबकि पुलिस का अदमी बुलाने आया हो। वह चल पड़ी...इसके बाद तो वह पाँचू के पास जंगल में थी। कोई सोच भी नहीं सकता था कि छटाँक-भर का वह पाँचू अपना इलाका छोड़कर इतनी दूर से यह काम करवाकर चला आएगा।

गीदड़ के लिए शहर में घुसना कठिन है। पुलिस को जंगल में घुसना उससे भी कठिन लगता था। मैदान और शहर में भले पुलिस का राज चलता हो, जंगल में तो पाँचू का राज ही चलता है। 'जंगल पाटी' का राज। पाँचू शुरू का राजा नहीं है। वह तो परजा था। मंत्री जी का ही पवनी। उस समय वह विधायक भी नहीं बने थे। पाँचू का पूरा परिवार उन लोगों की चाकरी बजाता था। वे लोग जितना देते, उसका परिवार उतने में गुजारा करता। पाँचू दुबरमुँहा था। उसके सिर उठाने का सवाल ही नहीं था। लेकिन जर-जमीनवालों की हिर्स बड़ी होती है और हिस छोटी। उन लोगों का अत्याचार दिनोंदिन बढ़ता ही जा रहा था। ऊबकर पाँचू जंगल में कूद पड़ा। कोई कल्पना भी नहीं करता था कि चुपचाप सिर झुकाए काम करते रहनेवाला नाटा-खूटा, दुबला-पतला पाँचू एक दिन डाकू बन जाएगा। मूस अधिक मोटाएगा तो लोढ़ा होगा, उससे भी अधिक मोटाएगा तो मुँगरी होगा। लेकिन इससे अधिक क्या! सभी धारणाएँ

उलट गईं। पाँचू पहले-पहले पिरितिया डाकू के दल में जा मिला था, थोड़े ही दिनों में उसका दाहिना हाथ बन गया। पिरितिया की शागिर्दी में उसने खूब उत्पात मचाया। बड़े लोगों की पकड़-फिरौती करने लगा। अपने पुराने मालिक के भाई को जान से भी मारा। सेठ-साहूकारों से रँगदारी वसूलने लगा।

पाँचू तो जंगल में था। उस पर दबाव डालने के लिए मालिकों के कहने पर पुलिस ने उसके घर की कुर्की-जब्ती कर दी। घर में था ही क्या! माँ-बाप को जेल दे दी। सबसे घिनौनी सजा उसकी बहन को मिली। मंत्री जी, जो अभी विधायक भी नहीं बने थे, ने पाँचू की बहन के साथ 'गलत' करके उसकी हत्या करवा दी। पाँचू ने ऊपर के हाकिम-हुक्कामों के पास खबर भिजवाई कि दोषी तो मैं हूँ। मेरी बहन ने क्या किया था? अगर इसका न्याय नहीं मिला तो खानाखराब करके रख दूँगा। कुछ नहीं हुआ। न हो सकता था। बस इतना ही हुआ कि बलात्कारी को जेल में बन्द कर दिया गया...दिखावे के लिए। और उसकी सुरक्षा भी हो गई। उनको भी लगा कि इस तरह सुरक्षा कितने दिन होगी...उन्होंने जेल से ही चुनाव लड़ा...पहले विधायक बने...सारे मामले उठा लिए गए...बाद में मंत्री भी बन गए।

तब से पाँचू बदले की आग में झुलस रहा था। पिरितिया उस्ताद के मरने के बाद वही 'जंगल पाटी' का सरगना बन गया था। उसने ताड़ के पत्ते पर बुलेट की टोपी की मुहर लगाई। जंगल पाटी की मुहर। उस पर सन्देशा लिखवाया...यही मेरी आखिरी इच्छा थी। आपको याद होगा, मेरी बहन का किस्सा। मुझे इसका बदला लेना था। आप गाँव-नगर के राजा हैं। मैं जंगल का राजा हूँ। पूरे अदब के साथ लिखता हूँ कि मुझमें और आप में एक फर्क है। मैं आपकी बेटी की देह पर यूँ ही हाथ नहीं लगाऊँगा। पहले उसके साथ भाँवरें फिरवाऊँगा। आपके कानून में जिस औरत पर हाथ डाला जाता है, उसे बर्बाद कर दिया जाता है। यहाँ अव्वल तो औरत के ऊपर हाथ ही नहीं दिया जाता है और जब दिया जाता है तो उसे जीते जी निबाहा जाता है। अब मैं मारा भी जाऊँ तो मलाल नहीं। अपनी बेटी को विधवा करेंगे, ऐसा मुझे

नहीं लगता। अब तो आप मेरे रिश्तेदार भी हो गए। अजीब रिश्ता है यह भी। आप मेरे बहनोई हुए और मैं आपका दामाद। खैर, ऐसे रिश्ते राजाओं में तो होते ही हैं। हाँ, आप अपनी बेटी की ओर से निश्चिन्त रहिएगा। वह जहाँ रहेगी सुख से रहेगी...सोने पर सोएगी, चाँदी पर चढ़ेगी, हीरे पर हँसेगी और लाल पर लोटेगी।

पार्सल से सन्देशा मिलने के बाद मंत्री जी ने पुलिस महकमा को चुस्त-दुरुस्त करके भेजा। कंघी से सिर के केश की तरह जंगल को झड़वा दिया गया। लेकिन पाँचू का रोवाँ भी टेढ़ा न हुआ। एकाध बिचौलियों के सहारे खबर भिजवाई गई कि जितना चाहो धन ले लो लेकिन लड़की को छोड़ दो। पाँचू ने बिचौलिए को बता दिया कि जाकर मंत्री जी से कह दो कि पाँचू दहेज नहीं लेता है। हाँ, कन्यादान करने का मन हो तो केवल इक्यावन रुपए लेकर जब कभी आ जाएँ, मगर अकेले। कहते हैं पाँचू वन के वानरों को फल खिलाता है। जंगल में किसी गैर के घुसते ही वे 'हूप-हूप' करके पाँचू के दलवालों को आगाह कर देते हैं। तभी तो पाँचू के डमर (भावभंगिमा और ललकारों से शत्रु को भयभीत करना) से वन का अजगर भी सिर पर पैर रखकर भागता है।

अँधेरे के रथ पर चढ़कर पाँचू परसों रात को आया था। देवी गुहा माई थान में उसने उस लड़की से विवाह किया। अपनी अँगुली चीरकर खून निकाला। उसमें सिन्दूर सानकर उसकी माँग भरी। देवी गुहा एक पहाड़ी खोह है। उसमें चंडी देवी की थापना है। घनघोर जंगल के बीच। वहाँ दिन को भी बाघ-भालू आया करते हैं, कुंड का निर्मल जल पीने, माई थान के बगलवाले पुरवे में उसने कोहबर रचाया, पूरे गाँव को टोकरी भर-भर के लड्डू बाँटे। भोज देने का अवसर नहीं था, उसका वादा किया। पुरवे की औरतों ने उसके कोहबर के लिए कुश और नरकट की मँड़ई में जंगली फूलों का बिछावन बिछा दिया।

पाँचू पर देवी गुहा की वन देवी की कृपा है। नहीं तो फूँक से भी उड़ जानेवाला पाँचू जंगल का राजा कैसे बनता। कोहबर रचाते पाँचू को रात के पिछले पहर में ही हवा की उलटी गत व्याप गई। खतरे की गन्ध सुँघ गई। उस

समय दक्खिनी हवा बह रही थी। जंगली बेले और हरसिंगार की सुगन्ध तिर रही थी। कटहरी चम्पा चुप हो गया था। झील के आसपास रहनेवाले वनमुर्गों के अभी बाँग देने में देर थी कि पाँचू की देह पर एक छिपकली गिर पड़ी। वह अशगुन से सावधान हो गया और अपनी नई-नवेली दुल्हन को कन्धे पर उठा लिया। उसकी माँग का रक्त-सिन्दूर अभी टह-टह लाल था। जंगली फूलों का बिछावन अभी मुरझाया भी नहीं था। मुँह में डले पान की खुशबू और होंठों की लाली अभी सूखी भी न थी कि पाँचू हवा हो गया...

औरतों ने रो-रोकर बताया था पुलिस को। पुलिस तो तड़के आई थी। जब जीप और लारी जंगल में घुसी तब बेंत की लताएँ टकरा-टकराकर चटचट बजने लगीं, जंगल के जीव-जानवर ठिठक-ठिठक कर भागने लगे। लेकिन पाँचू तो जा चुका था। जाते-जाते वह गोबरधन की घरैतिन से कह गया था, "तू सिंगार-पटार करके तैयार रहना। तुझे गोबरधन के साथ सती होना है। टोकरी-टोकरी-भर लड्डू मैंने गाँववालों के विश्वास पर ही बाँटे थे। लेकिन गोबरधन लालच में आ गया। थोड़े-से इनाम के लालच में। अरे, मुझसे कहता उतना मैं ही दे देता।"

वह सफाई देती रह गई, "यह क्या कहते हो, पाँचू सरदार! इसके बापू तो उसी शाम को पकड़ लिए गए थे, जिस रात तुम आए थे। वे मेरे नैहर जा रहे थे कि धर लिए गए। झूठ बोलूँ तो देवी गुहा की चंडी माई मेरा अंग गला दें। इस जाए की किरिया खाकर कह रही हूँ।" उसने अपने पिलपिले लड़के को आगे कर दिया। जो अभी नींद में माता था।

लेकिन पाँचू का शक नहीं घटा, "मेरे आने की खबर पाकर ही गोबरधन गया था। नैहर जाने का तो बहाना है। खैर, मुझसे उड़कर वह जाएगा कहाँ? मैं उड़ती चिड़िया के पंख में लासा लगानेवाला ठहरा।" पाँचू अपनी हरी गई दुल्हन को लिए-दिए चला गया। वह तो हरिन के छौने की तरह मूक हो चली थी। खोई-खोई डबकौहीं आँखों से सब कुछ केवल देखती-भर थी। माँग में रक्त-सिन्दूर पड़ा, तब भी नहीं बोली। कोहबर रचा तब भी नहीं

बोली। रात को एक बार बस, एक बार हौले से चीखी जरूर थी। अभी पाँचू लेकर भाग रहा है। तब भी कुछ नहीं बोलती, न रोना, न बोलना। उसे तो साँप सूँघ गया है।

सबको पता है कि पाँचू कहीं दूर नहीं जाता। वह तो जंगल में ही रहता है। पुलिस आती है तो वह पशु-पाखी का रूप धार लेता है। पेड़ बनकर खड़ा हो जाता है।

आज भी पुलिस आई और लकीर पीटकर चली गई।

पाँचू अभी भी कहीं मौजूद होगा। आसपास में खैर का पेड़ बनकर खड़ा होगा। हरकर लाई गई लड़की को भी बेंत की लता बनाकर ओढ़ लिया होगा।

जने-जने की जीभ पर पाँचू के किस्से हैं। उसके हैरतअंगेज कारनामे हैं। जामुन खाते सुग्गे भी 'पाँचू-पाँचू' रटते हैं।

होश सँभालते ही बच्चे पाँचू बनने का सपना देखते हैं।

इस पिलपिले लड़के को यह पता नहीं है कि पाँचू उसके बाप के नाम टिकट काट गया है। फिर भी वह तो पाँचू ही बनना चाहता है। उन लड़कों से बदला लेने के लिए, जो उसकी चड्ढी में टिड्डे और केंचुए डाल देते हैं।

लड़के को लड्डू खाते देखकर उसकी माँ अनमनी हो रही थी। क्या पता साईं को देख पाएगी भी या नहीं। वह देवी गुहा की माई की मनौती भाखने लगी कि किसी तरह गोबरधन एक बार लौट आए तो इस जगह से कहीं दूर डमर (भय से विस्थापन) जाएगी। यह सोचकर कि लोगों को शक न हो वह अपने घर के अगवासे को साफ करने लगी। वहाँ जंगली झाड़ियाँ उग आई थीं। जंगल को कितना भी साफ करो, वहाँ बन-बनाकर जंगल ही उग आता है।

माँ को उलझा देख पिलपिला लड़का अपनी हमउम्र एक लड़की के पास चला गया था। वह भी लड्डू खा रही थी। लड़के ने अपने लड्डू जल्दी-जल्दी खा लिए। अब उस लड़की से माँगने लगा। वह इनकार कर रही थी। इसे कमजोर जानकर अँगूठा और जीभ दिखा रही थी। लड़के ने गुस्से में एक

टेढ़ी-सी टहनी उठा ली, "मैं बन्दूक चलाऊँगा...पाँचू की तरह," हाथ ऊपर उठाने से उसकी चड्ढी सरक गई।

लड़की खिलखिला पड़ी, "पहले नाड़ा सँभाल। बड़ा आया बन्दूक चलाने, तू तो नरकट की तरह दुबला है। मोड़ देने से लचक जाएगा।"

"कुछ भी हो। मैं बन्दूक चलाऊँगा।" वह चड्ढी उठाकर बोला।

"तू बन्दूक चलाएगा तो तुझसे डरेगा कौन?" लड़की बेफिक्री में लड्डू खा रही थी।

लड़का तनिक देर के वास्ते चिन्तित हुआ कि उससे डरेगा कौन। कोई तो नहीं। सब उसे ही डराते हैं। पर वह बोला, "और कोई डरे या न डरे। तुझे डरना ही पड़ेगा। तू कहाँ जाएगी?" उसने टहनी उसकी ओर तानते हुए अपनी एक सूखी हथेली से लड़की की कलाई पकड़ ली।

"अरे जा...जा!" लड़की अपनी कलाई छुड़ाते हुए उसे चिकोटी काटने लगी।

लड़का चिल्लाने लगा, "मैं तुझे पकड़कर जंगल में भाग जाऊँगा।"

लड़की को शायद डर नहीं लगा। वह उससे छूटना चाह रही थी।

लेकिन पिलपिले लड़के की माँ ने सुना तो उसे खींच ले गई। उसे वह लड़की याद आ रही थी। न रोती, न बोलती। काठ मारी। कल अगर पाँचू गोबरधन को मार देगा तो क्या उसका बेटा भी पाँचू ही बनेगा! यही तो रीत है इस इलाके की। जंगल काटो तो जंगल ही उगता है। हर हाल में तड़पना उसे ही होगा माँ को, पत्नी को, बेटी को, बहन को...सोचते हुए उसकी माँ डर रही थी।

[20-26 सितम्बर, 1992 में 'संडे ऑब्ज़र्वर' में प्रकाशित]

हममज़हब

गोया पेट के अन्दर किसी ने मथानी लगाकर हींड़ दिया हो...जोरों की मिचली आई। मन्नान दीवारों के सहारे नाली पर आ बैठा। भीतर से हूल मार रहा था। जैसे आँतें मुँह के रास्ते निकल पड़ेंगी। 'औक्...औक्' करके वह नाली पर झुक गया। घर के अगवाड़े की नाली बू मार रही थी, लेकिन मन्नान की सूँघने की कुव्वत जाती रही थी। कै करते हुए उसके नाक-मुँह से पीला-पीला सड़े अंडे की जर्दी-सा कुछ निकला और आँखों के आगे अँधेरा छा गया। वह वहीं लुढ़क पड़ता, अगर असगरी न गई होती तो। पीठ की ओर से पकड़कर वह उसका सिर सहलाने लगी, "पेट में कुछ रहे तब तो निकले, खाली पित्त है" कहकर वह तामचीनी के मग में पानी ले आई। मन्नान तब तक कुछ सँभल चुका था। उसने कुल्ला किया। चेहरे पर पानी के छींटे मारे और लुंगी की झूलती कोर से मुँह पोंछते हुए बरामदे में आकर लेट रहा। ताड़ की अखरी चटाई पर लगातार लेटे रहने से उसकी पीठ पर भी एक चटाई बन गई थी। अबकी वह दीवार के सहारे पीठ टेककर बैठ गया।

उसके कानों के आसपास एक चीख लगातार गूँज रही थी। बड़ी हौलनाक चीख। मन्नान उससे निजात नहीं पा सका था। कहीं-न-कहीं से उस हादसे का जिम्मेदार वह खुद को ठहरा रहा था। उसी की तो सजा मिल रही है। उसके

पेट में ऐंठन जारी थी। कै हो जाने के बाद लग रहा था कि सिर रेजा-रेजा होकर छितरा पड़ेगा। पेट में रह-रहकर एक आग-सी धधक रही थी, जो पेट से गुजरती हुई सिर में अटकती जा रही थी। उसने आग के तन्नूर बने पेट को गमछे से बाँध लिया और अधजगे में झूलने लगा...

पता नहीं कब तक यों ही हाथ पर हाथ धरे बैठे रहना होगा। कहीं से कोई उम्मीद नजर नहीं आ रही थी। उम्मीद के आसरे लोगों ने बड़े-बड़े पहाड़ काट डाले हैं। लेकिन उससे यह दिन काटे नहीं कट रहा था। वह जानता है कि यह कोई मरज नहीं है...लगातार फाकाकशी से खराई मार गई है। अब तो बस एक ही इलाज है—गरम-गरम भात और गाढ़ा शोरबा, लेकिन इस वक्त ऐसा कुछ भी सोचना कुफ्र था जैसे। उसे भूख सही नहीं जाती। मुँह नहारे भर-पेट नाश्ता करके ही वह सात-साढ़े सात बजे तक काम पर निकल लेता था। दोपहर में जहाँ मौका मिलता वहीं किसी ढाबे या होटल में डटकर खा लेता। मन्नान कपड़े की फेरी करता था। पुश्त पर बोझ लादे शहर की फेरी कोई मामूली मेहनत तो खोजती नहीं। भूख पेट चला जाए तो चक्कर आने लगते थे। वैसे भूखा चलने का कोई सवाल ही नहीं था। दम-भर काम करके वह जरूरत-भर कमा लेता था। अगर शाही नहीं कहा जाए तो भी घर में कोई खराब खाना नहीं बनता था। हर दूसरे तीसरे रोज बड़े का गोश्त? कभी-कभार बकरे का भी।

बरामदे में अधजगे में झूलते मन्नान ने अपने पड़ोसी अब्बास के घर की ओर देखा। खपरैल के छप्पर से धुआँ उठ रहा था। थोड़ी देर बाद अब्बास की बीवी माँड़ पसाएगी। इसका पता नाली से चल जाता था। जमे हुए काले गाढ़े पानी पर सफेद माँड़ तब तक उतराता रहता था, जब तक मुर्गियाँ नाली में घुसकर उसे हींड़ नहीं देतीं। अब तो माँड़ भी देर तक उतराता रहता था, क्योंकि लोगों ने मुर्गियों को दरबों से बाहर निकालना बन्द कर दिया था। एक अजाब-ए-नामुराद में पता नहीं कब किसके मन में गुनाह करवट ले और वे चोरी-चोरी हजम हो जाएँ, "जा रे अब्बास, तुझसे इतना करते भी न बना" मन्नान के मुँह से निकला, "तेरा बेटा बीमार था तो रात-रात-भर जगकर मैंने

ही घर और अस्पताल एक कर दिया था।" उसने बैठे-बैठे ही अपनी रसोई की ओर देखा...रसोई, जो खुद जलकर उसके परिवार के पेट की भट्ठी को हमेशा ठंडा करती आई थी, अभी खामोश पड़ी थी। ठंडा चूल्हा उदास खड़ा था और दूसरी तरफ भगोना उपवास पड़ा था। मर-मसाले रखनेवाले दसियों छोटे-छोटे डिब्बे और आटा-चावल रखनेवाले कनस्तर ठन-ठन कर रहे थे। रसोई क्या थी...बस, एक छोटी-सी गुमटी के बराबर जगह। सोनेवाले कमरे के सामने सहन के एक गोशे में बाँस की चटाई से घेरा कर दिया गया था। दो तरफ दीवारें थीं और दो तरफ घेरा। फल की पेटियों से निकाले गए पटरे दीवारों में ताखे की शकल में ठोक दिए गए थे। ऊपर छप्पर से तार की दो-तीन डोलचियाँ लटकी हुई थीं। रसोई के ठीक बगल में पानी रखनेवाली सीमेंट की एक टंकी, एक घड़ा और दो-तीन-बाल्टियाँ। रसोई से मलामत भरी निगाह हटाकर उसने बाहर की ओर देखना शुरू किया। बाहर भी कर्फ्यू का वही मातमी सन्नाटा। कहीं कोई शोर नहीं, जैसे चुपके-चुपके चारों ओर साजिशें रची जा रही हों। सड़क पर, गलियों में कोई आदमी नहीं। कुत्ते भी न जाने किधर छिप गए थे। बीच-बीच में भर्र-भर्र करती पुलिस वैन ही उस सन्नाटे को थोड़ा-सा झकझोरती थी।

चार-पाँच रोज पहले...याद है मन्नान को...आटेवाला कनस्तर आखिरी बार धोया गया था। शाम को जब असगरी रोटी सेंकने चली तो जैसे उसे बिच्छू डंक मार गया। वह रसोई से चिल्लाई, घबराकर मन्नान उसके पास चला गया। वह कनस्तर के भीतर झाँक रही थी। कुछ न समझते हुए वह भी झाँकने लगा, "क्या हुआ?"

"देखो, जरा..." असगरी आटे को अँगुली से उटकेरने लगी। मन्नान समझकर सन्न रह गया, "कह रहा था कि हाथ रोककर बनाया करो...लेकिन तुम पर तो चीज देखते ही शाहखर्ची सवार हो जाती है।"

"मैं क्या करती! तुम्हीं तो ऊपर से माँगने लगते थे। आधा पेट खिलाऊँ तब भी गुस्सा, भर पेट दूँ तब भी," वह अब भी आटे को उटकेर रही थी। फकत ढाई-तीन सौ ग्राम आटा बचा था।

"अब मेरा भेजा खाओ," मन्नान ने गमले के ऊपर कनस्तर उलट दिया और देर तक उसको ठोंकता रहा, ताकि आखिरी बुरादा तक झड़ जाए। फिर कनस्तर में पानी डालकर उसको खँगालने लगा। उसी पानी से आटा गूँथा गया। असगरी ने उसी पाव-भर आटे में खाल-सी पतली-पतली तेरह रोटियाँ बनाई थीं। तीनों बच्चों और आप दो मियाँ-बीवी के लिए दो-दो, यानी दस रोटियाँ उसी रात खा ली गईं...नमक, तेल और थोड़े-से प्याज के साथ। तीन रोटियाँ अगले रोज तीनों बच्चों को एक-एक देने के लिए ढककर रख दी गईं। चार-पाँच रोज पहले, यही आखिरी बार पेट में अन्न गया था। हाँ, अगले रोज अन्न तो नहीं, थोड़ा-सा शोरबा जरूर गया था। घर में वही आखिरी चीज बची थी, खानेवाली चीज। वह भी बीमार थी इसलिए। मन्नान मुर्गी नहीं खाता। कैसी तो मादा-मादा-सी बू उठती है। बीमार मुर्गी खाने का तो सवाल ही नहीं था...लेकिन यह फसाद जो न करवाए।

धन्धा ठप पड़ा था। पूरे शहर पर एक जिन्नाती साया मँडरा रहा था। कब क्या हो जाए कहना मुश्किल था। चारों तरफ मारकाट और वाही-तबाही मची हुई थी। ऊपर से पुलिस की तलाशी और धर-पकड़। सिर्फ भूख की फिक्र रहती तो कोई बात न थी, मारे दहशत के और बुरा हाल था। कहीं भी निकलना-पैठना एकदम बन्द था। तनिक भी गफलत हुई कि आदमी पकड़ लिया गया। फिर तो किसी कुएँ-बावड़ी में उसकी लाश ही मिलती थी। खाने-पीने की चीजें एकदम लापता हो गई थीं। मिलें भी कैसे, जब दुकानें खुल ही न पा रही हों। कहीं कुछ मिलता भी था तो सोने के भाव। कुछ सस्ता था तो आदमी की जान। इन सबसे मजहब को कितना फायदा हुआ, यह तो सात परदे में छिपा ऊपरवाला ही जाने, लेकिन सियासी गाइबबाजों को अपने मंसूबे में जरूर कामयाबी मिली। मन्नान को बड़ी शिद्दत से इस बात का अहसास हो रहा था कि आदमी के बिना आदमी का काम नहीं चल सकता। भले ही जुनून में आकर आदमी आदमी के ही खून का प्यासा बन बैठे। कपड़े की फेरी करने वह ज्यादातर हिन्दू आबादी की ओर ही जाया

करता था। जाना ही पड़ता था। चारों सिम्त तो हिन्दू ही हैं, उनसे बचकर क्या किया जा सकता है...लेकिन दंगे ने उसे अपने मोहल्ले के जजीरा-ए-अरारात में कैद कर रखा था।

रसद खत्म हो जाने पर असगरी पास-पड़ोस में सबके घर दस्तक दे आई थी। सबका एक-सा हाल था। मन्नान बड़ा बेचैन हुआ। अब क्या करे? कहाँ और किसके पास जाए? हर घर में चूहे दंड पेल रहे थे। खुद तो किसी तरह भूख पर काबू पा ले, लेकिन बच्चों को क्या दें? सुबह से बच्चों को वह तीन दफे पीट चुका था, बचपन की बात तो याद नहीं, लेकिन जब से फेरी करने लगा है, तब से शायद ही उसने किसी के सामने हाथ फैलाया हो—ऐसा सोचकर ही उसे शर्म आ रही थी। कोई चारा न देखकर झिझकते हुए वह अब्बास के घर गया। अब्बास चावल का कारोबार करता था। बूढ़े पुल के पास रावटी टाँगकर चावल बेचता था वह। बलवे की वजह से उसका धन्धा भी रुक गया था, लेकिन खाने के लाले नहीं पड़े थे। चावल न बिकें, लेकिन खाए तो जा सकते थे, मन्नान कपड़े तो नहीं खा सकता था।

अब्बास की ड्योढ़ी में मुहल्ले के कुछ लोग जमा थे। सरगोशियों में बातें चल रही थीं, अब्बास आहिस्ता-आहिस्ता कुछ बोल रहा था और बाकी पड़ोसी सिर झुकाए सुनने में मुनहमिक थे। मन्नान भी पीछे की तरफ जाकर बैठ रहा। अब्बास ने उस पर एक नजर डाली और कहने लगा, "खुदा का करम है कि हम महफूज हैं, मोहल्ले के बीचोबीच रहने से, लेकिन हमारे जो भाई सड़क पर बसे हुए हैं, उनके साथ खूब ज्यादती हो रही है। हमले का पहला वार उन्हीं को झेलना पड़ता है। उन्हें ऐसा न लगे कि हम उनकी ओर से गाफिल हैं। हमें इस लिहाज से भी तैयार रहना है कि कुछ होते ही हम लोग उनकी मदद को पहुँच सकें।"

"फिलहाल हम क्या करें?" बूढ़े हमीद ने डरकर पूछा।

"हरबे-हथियार के लिए कुछ इम्दाद की जरूरत है," अब्बास ने डरे हुए लोगों से कहा।

"फिर हथियार?" बूढ़ा हमीद घबराकर चारों ओर देखने लगा, "एक बार तलाशी के नाम पर तो...फिर हथियार?" वह काँप गया। दरअसल, फसाद होने के बाद पुलिस ने घर-घर की तलाशी ली थी। बाधा देनेवालों को बेतरह मारा-पीटा गया था। कई लोगों को अस्लाह इकट्ठा करने के जुर्म में गिरफ्तार भी किया गया था, कई मुजाहरों के बाद जिन्हें मुचलके पर छुड़ाना मुमकिन हो सका था।

"हाँ, हम भी दिखा देंगे। उनकी पुलिस है, फौज-फाँटा है...वे अक्सरीयत में हैं, तो इसका मतलब यह नहीं कि हम नमक के बोरे हैं। इस दोतरफे जुल्म को हम बर्दाश्त नहीं करेंगे, पुलिस बीच से हट जाए तो हम अभी उन्हें छठी का दूध याद दिला दें।" अब्बास तैश में आ गया, "आप लोग हौसला बुलन्द रखिए...हमारा ईमान...हमारा दीन हमारे साथ है।" वह तरह-तरह से लोगों को समझाने लगा, "और हथियार हम घर में थोड़े रखनेवाले हैं।"

तय हुआ कि हर घर से हैसियत के मुताबिक सौ-सौ और पचास-पचास रुपए इकट्ठा किए जाएँ। रकम को लेकर कानाफूसी होने लगी। वहाँ ज्यादातर लोग रोज कुआँ खोदकर पानी पीनेवाले थे...राज मिस्त्री, बीड़ी बनानेवाले, चूड़ी-बिन्दी या कपड़े की फेरी करनेवाले, तोशक-रजाई भरनेवाले धुनिए, छाते या तालों की मरम्मत करनेवाले। ऐसे कामयाब लोगों की ओर से एक रुपया निकालना भी भारी पड़ रहा था, ताहम बिरादरी की हुक्मअदूली नामुमकिन थी और यह वक्त की जरूरत भी थी।

"सोच लीजिए...एक बार दब गए तो हर बार दबना पड़ेगा, यह तो फौरी मुसीबत है," लोग अभी आपस में भुन-भुन कर ही रहे थे कि रेडियो की आवाज सुनाई पड़ी। अब्बास के बेटे ने रेडियो चालू कर दिया था। हिन्दी में समाचार आ रहा था। सबके कान रेडियो से चिपक गए। बाहरी दुनिया से रब्त कायम करने का रेडियो ही वाहिद जरिया रह गया था। समाचार में कुछ खास नहीं कहा गया। फकत इतना ही कि 'एहतियातन कर्फ्यू लगा दिया गया है, छिटपुट घटनाओं के अलावा किसी बड़ी अप्रिय घटना का समाचार नहीं

है, कुल मिलाकर स्थिति शान्त और नियंत्रण में बताई जाती है।' तीन-चार दिनों से सिर्फ इतना ही कहा जा रहा था।

"खाक नियंत्रण में है। हिन्दी खबरों में हमेशा झूठ बोला जाता है," कोई बोला, "सब ठीक है तो यह कर्फ्यू क्यों नहीं उठता?"

"अब्बास चचा। उर्दू सर्भिस लगाकर देखिए तो..." नौजवान आबिद बोला।

"वहाँ से अभी खबरें नहीं आएँगी," अब्बास ने रेडियो बन्द कर दिया।

"तो पाकिस्तान लगाकर देखो न!" बूढ़े हमीद ने कहा।

"वहाँ से तो इस फसाद की बाबत एक लफ्ज नहीं कहा जा रहा है," आबिद बताने लगा, "मैं तकरीबन रोज सुन रहा हूँ।"

"उनको पता नहीं होगा," कोई उदास होकर बोला, "हिन्दुस्तानी सरकार खबर रोक लेती होगी।"

"सात समन्दर पार बीबीसी को सब पता है और पाकिस्तान को नहीं?" आबिद बोला, "यह यकीन करनेवाली बात है?"

"या खुदा! कोई नहीं है हमारे लिए..." हमीद मायूस हो गया।

"उर्दू सर्भिस लगाइए न, चचा!"

"लगाओ न...कुछ तो बोलेगा," हमीद ने आँखें मिचमिचाईं और कान में उँगली डालकर खुजलाने लगा।

आबिद खुद उठा और रेडियो की ट्यूनिंग घुमाने लगा। ऑल इंडिया रेडियो की उर्दू सर्विस से फरमाइशी नगमों का प्रोग्राम चल रहा था। इत्तफाकन जो सुनाई पड़ा, उस पर सारे लोग चौंक पड़े। एनाउंसर बोल रहा था...'इस नगमे को सुनने के मुतमन्नी हैं...पुरानी मस्जिद, इस्माइल से मुहम्मद अब्बास, मुहम्मद इलियास और उनके परिवार के लोग।' फिल्म और मूसीकार के बारे में पहले ही बताया जा चुका था। नगमा शुरू हो गया...'मिलो न तुम तो हम घबराएँ/मिलो तो आँख चुराएँ/...हमें क्या हो गया है।' अब्बास ने झट रेडियो बन्द कर दिया और आँखें चुराते हुए बोला, "भाइयो! यह बहुत पहले की

भेजी हुई फरमाइश है। वह भी मेरी नहीं। इलियास पानवाला फरमाइशें भेजता रहता है। बदमाशी से उसने मेरा भी नाम डाल दिया था।"

"बेटा अब्बास!" बूढ़े हमीद ने पुरउम्मीद होकर कहा, "रेडियोवाले तुझे जानते हैं तो तू यहाँ का हाल लिखकर क्यों नहीं भेजता?"

अब्बास लोगों से असली मुद्दे पर आने के लिए अपील कर रहा था, "अगर एक बार में नहीं जुट पाए तो दो-तीन किस्तों में भी हमें रकम जमा करनी पड़ेगी... मगर करनी पड़ेगी..." लोगों की कानाफूसी पर उसे घबराहट होने लगी थी।

"ठीक है...हम कोशिश कर रहे हैं," फर्दन-फर्दन लोग जाने लगे थे। बस एक मन्नान रह गया था। वह काफी देर से इन्तजार कर रहा था कि लोग हटें तब वह अब्बास से मन की बात कहे। उसने अपनी लाचारी जताई, "अब्बास भाई, मैं आपकी बात समझ रहा हूँ। इसमें शामिल भी होना चाहता हूँ...लेकिन इस वक्त हाथ बिलकुल खाली है, जब से कर्फ्यू लगा है, एक धेले की आमदनी नहीं हुई है। सौ रुपए तो..."

"ऐसे काम तो नहीं चलेगा, मन्नान! तुम्हें कोई अकेला छोड़ दे तो कैसा लगेगा?" बीच में ही अब्बास थोड़ी नाराजगी में बोला, "मुसीबत तो सबके ऊपर है। यही तो असली इम्तहान है कि इस जाँकनी में भी हम कौम का कितना साथ दे पाते हैं! अल्लाह के रसूल का फरमान है कि खुद पानी पीने से कब्ल अपने भाई की प्यास बुझा लो! और एक तुम हो..."

"अब्बास भाई, मैं सब समझ रहा हूँ। मैं शरीयत और कौम से बाहर नहीं हूँ। लेकिन करूँ क्या? इस वक्त किसी से माँगूँ भी तो क्या कहकर?"

"ठीक है," अब्बास आहिस्ता से बोला, "तुम्हारी ओर से पचास रुपए मैं अभी दे दे रहा हूँ। बाकी पचास तुम दो-तीन दिनों में दे दो। यह कर्फ्यू तो बेशी दिन चलनेवाला नहीं है। कमाई होते ही तुम मुझे वापस कर देना। लेकिन किसी से कहना मत।"

वक्त की नजाकत को समझकर मन्नान ने हाँ कर दी। अब्बास उठकर जाने को हुआ तो मन्नान ने हिचक के साथ मुँह खोला, "अब्बास भाई, एक

मेहरबानी और करते...थोड़ा-सा चावल दे देते। बच्चे आज सुबह से ही भूखे हैं। कर्फ्यू के बाद इसके पैसे भी लौटा देता।"

यह सुनकर अब्बास का रवैया अचानक बदल गया। वह थोड़ी देर तक मन्नान को गौर से देखता रहा जैसे उसके सामने कोई अजनबी आ गया हो। वह बड़ी मुश्किल से बोल सका, "क्या कह रहे हो मन्नान? जानते हो, जब से मार-काट मची है तब से मैं खुद परेशान हूँ। बेचने के वास्ते रखे गए चावल में से ही पूरा परिवार खा रहा है। मुश्किल से दो-एक रोज के लिए और बचा होगा, पता नहीं, कब तक यह वाही-तबाही रहेगी..."

मन्नान रिरियाने लगा, "मैं सब चुकता कर दूँगा। अब्बास भाई, मैं सब चुकता कर दूँगा, अभी तो मुझे बचा लो। बताओ मैं कहाँ जाऊँ? धन्धा भी कपड़े का है। कपड़ा अगर खाया जाता तो कुछ कहना ही नहीं था। अब्बास भाई, तुम्हारे इस अहसान का बदला भी खुदा देगा। तुम तो अहल-ए-सुन्नत हो।"

अब्बास फिर भी कायल न हुआ। एक अनार सौ बीमारवाला हाल था। इस बला-ए-बेदमाँ में किसी की मदद करना खुद को उजाड़ना था। वह झुँझलाकर बोला, "मन्नान, ऐसा करो, मेरे पास जितने चावल हैं, सब ले लो। मैं अपने बच्चों के साथ पेट में ताला लगाकर पड़ा रहूँगा। आखिर अहल-ए-सुन्नत हूँ न!"

"अब्बास भाई! मेरा इरादा यह नहीं है कि मैं खाऊँ और तुम भूखे रहो," वह अब्बास की बाँह थामकर बोला, "मेरे बच्चे क्या तुम्हारे नहीं हैं, अब्बास भाई?"

"अच्छा देखो, झाड़-झूड़कर कितना निकल पाता है," बच्चों के जिक्र से अब्बास का दिल पसीज गया। एक बार वह कहीं बाहर चला गया था और उसके बेटे की तबीयत अचानक खराब हो गई थी, तब मन्नान ने ही उसकी दवा-दारू करवाई थी, देखभाल की थी। अब्बास इतना अहसान-फरामोश न था। वह घर के अन्दर गया तो सही, लेकिन उसकी बीवी शोर मचाने लगी, "एक तुम्हीं तो दरियादिल बचे हो। अरे भूखा तो पूरा मोहल्ला है और आज नहीं तो कल हमें भी भूखा रहना पड़ेगा। पूँजी में से खा रहे हैं। बाद में कारोबार

भी खड़ा करना है। बच्चों का मुँह देखा है? इन्हीं को जिबह कर दो और बाँट दो सब मोहल्लेवालों को," उसने एक बच्चे को आगे कर दिया।

"ज्यादा खुदगर्ज मत बनो," अब्बास ने झिड़की दी, "भूल गई वह रात जब इसी बच्चे को बचाने के लिए मन्नान कई रोज तक अपने काम पर नहीं गया था?"

"खुदगर्ज यहाँ कौन नहीं है?" अब्बास की बीवी हलीमा बिना किसी का नाम लिए जली-कटी सुनाने पर उतर आई, "चले आते हैं सब...यहीं...जैसे खैरात बँट रही हो। मुरभुक्खे!...हमारे यहाँ क्या घर में चावल पैदा हो रहा है? सबकी निगाह हमारे घर पर ही टँगी हुई है...दे दो...सब दे दो..." वह चावल की बोरी पटककर बोली, "देखूँगी...अब तुम किसके पास भीख माँगने जाओगे?"

मन्नान ड्योढ़ी में ही था। इतना सुनने के बाद वह वहाँ ठहर नहीं सका। हतक से वह सुबक पड़ने को हुआ। अब्बास के आने के पहले वह वहाँ से चल पड़ा था।

सिर झुकाए हुए लौटा और बरामदे में आकर पड़ रहा। गया था रोजा माफ कराने तो नमाज गले पड़ गई। अब्बास को पचास रुपए का कारिज बनाकर लौटा। असगरी ने कहीं से चाय-चीनी का जुगाड़ कर लिया था। चाय पीने के बाद मन्नान को थोड़ी-सी फुर्ती महसूस हुई। वह कपड़े का गट्ठर ठीक करने लगा, "अब कुछ भी हो। आज निकलूँगा ही। चाहे गोली लगे या छूरा।"

असगरी सकते में आ गई। "या अल्लाह, रहम कर! इस कर्फ्यू में कहाँ जाओगे? खुदकुशी ही करनी है तो यहीं कर लो।" उसने कपड़े का गट्ठर छीन लिया और खाविन्द को पकड़कर खाट पर बैठा दिया। खाट पर बैठे-बैठे ही वह बड़बड़ाता रहा, "गाँवों की ओर निकल जाऊँगा। यह जिल्लत बर्दाश्त से बाहर है।"

असगरी सिर पीटने लगी, "दंगा तो गाँवों में भी फैल गया है। वहाँ से भाग-भागकर लोग यहाँ आ रहे हैं।" उसने मन्नान को कसकर पकड़ लिया। वह भी लेकिन बेदम-सा बैठा रहा। बच्चे डर के मारे चुपचाप देख रहे थे अब्बा को...

अपने बरामदे में बेबस बैठे-बैठे मन्नान अब्बास के घर की ओर देख रहा था। छप्पर से उठता हुआ धुआँ जैसे मन्नान के फेफड़े में भरता जा रहा था... वह खाँसने लगा। नाली में उतराता हुआ माँड़ जैसे मन्नान की ओर ही बहता आ रहा था...उसकी नाक में पक रहे पुलाव की खुशबू आ रही थी। उसने पपड़ियाए होंठों पर जीभ फिराई...दाल का जायका मालूम पड़ा।

...हाँ, अब्बास के यहाँ से नाकामयाब लौटने के रोज असगरी ने फकत दाल बनाई थी। खूब पानी डालकर। सबने एक-एक रकाबी दाल पीकर वह रात गुजारी थी। मन्नान को नींद नहीं आ रही थी। शायद और लोग भी इसी तरह अपने-अपने घरों में जगे होंगे...नहीं, अब्बास क्यों जगा होगा। वह एक नजर अब्बास के घर पर डालता और फिर दुआ करने लगता है...अल्लाह के दरबार में फरियाद भेजने लगता कि कर्फ्यू जल्द खत्म हो जाए।

रात के आखिरी पहर में उसकी आँख लगी थी। इसलिए दिन चढ़े तक सोता रहा वह। सोए-सोए ही उसके कानों में आवाज पड़ी...एक ऐसी खुशखबरी जिसका वह बेसब्री से इन्तजार कर रहा था। शायद उसकी दुआ कबूल कर ली गई थी। वह कर्फ्यू में ढील का ऐलान था। महज दो घंटे के लिए। आठ से दस बजे तक। छह-सात रोज के मुतवातिर कर्फ्यू के बाद यह पहली ढील थी। मन्नान अँगड़ाई लेते हुए उठ बैठा। वह फटाफट तैयार हो गया। खाना-वाना तो था नहीं, कपड़ों का गट्ठर लिये निकल पड़ा वह। 'चादर...सा...ड़ी...ब्लाउऊऊऊज' गले की नसों पर एक खास अन्दाज में दबाव देकर चिल्लाते हुए वह आगे बढ़ रहा था। लेकिन कोई उसकी ओर तवज्जो नहीं दे रहा था। सब लोग नाक की सीध में बढ़े जा रहे थे। पहले तो दो-तीन आवाज देने के बाद ही औरतें घेर लेती थीं। चीजें देखती तो जरूर थीं। मोल-तोल भी करती थीं। सौदा पट जाने पर कुछ न कुछ बिक ही जाता था। मन्नान ने तय कर रखा था कि आज वह बहुत कम मुनाफा लेगा। उसने मुनाफे का मार्जिन बहुत कम कर दिया था...लेकिन किसी के तवज्जो नहीं देने पर उसका बेचने का हौसला पस्त होता जा रहा था। आवाज

से खनकती हुई लोच गायब होने लगी थी। आदतन, फिर भी चिल्ला पड़ता था, "चादर....साड़ी।"

लगता था, लोगों की कपड़े की जरूरत खत्म हो गई थी। मन्नान को पहली मर्तबा अपने धन्धे से कराहियत हुई। खाना, कपड़ा और मकान, आदमी की तीन बुनियादी जरूरतें हैं, लेकिन कपड़ा तो लगता है निहायत ही बेकार की चीज हो गई थी। 'ब्लाउज, साड़ी, चादर' की आवाज लगा रहा था मन्नान... मगर बेनियाज दुनिया को देखकर सोच रहा था मन्नान...अब लोग नंगे ही रहा करेंगे? वैसे तो इस दंगे ने बहुत सारे लोगों को नंगा कर दिया था, लेकिन भीतर से। उसे खदशा हुआ कि लोग क्या अब ऊपर से भी नंगा रहेंगे? इस फिक्र ने उसे और हिला दिया कि फिर वह बेचेगा क्या?

कर्फ्यू में ढील का ऐलान होते ही लोग घरों से निकल पड़े थे, जैसे दरबे का फाटक खुलते ही मुर्गियाँ व चूजे निकल पड़ते हैं। सबके हाथ में थैले थे। अफरातफ़री के आलम के बावजूद सबके चेहरे पर एक चौकन्नापन था... लोग अपने ही साए तक से होशियार। सब कुछ बन्द हो सकता है, लेकिन खाना-पीना तो बन्द नहीं हो सकता। लोग सौदा-सुलुफ लेने ही निकले थे। मन्नान सोच रहा था कि कुछ बिक्री हो जाए तो लौटते वक्त कुछ खरीद लेगा...बहुत जरूरी जिंस। सब कुछ बिक्री पर मुनहसर था, जिसका दूर-दूर तक कोई इम्कान नजर नहीं आ रहा था।

इसी बेखयाली और फिक्र में वह एक तंग गली में दाखिल हो गया। सामने से सोलह-सत्रह साल का एक लड़का चला आ रहा था। मन्नान अपने एक-एक खरीदार को चेहरे और नाम से पहचानने लगा था, उनकी जेब की औकात को जानने लगा था। इस लड़के की माँ को उसने एक बिछानेवाली चादर बेची थी पैंतीस रुपए में। उस वक्त बीस रुपए ही मिले थे। बहुत तंगी से गुजारा करती थी बेचारी। लड़के का बाप नहीं था। मन्नान ने सोचा कि न हो तो बाकी के पन्द्रह रुपए माँगता चले। "बाबू, माँ है न, घर में? चादरवाला पैसा मिल जाएगा?"

"माँ अकेली है। बाद में आना," लड़का थोड़ा चिन्तित हुआ, "मैं बाजार जा रहा हूँ।"

"कोई बात नहीं। तुम जाओ। मैं जाकर माँ से ही माँग लूँगा," मन्नान आगे बढ़ा।

लड़का कुछ देर के लिए शशोपंज में पड़ गया...ऐसी हालत में माँ को अकेला छोड़कर वह बाजार जाए या लौट ले। "चलो मैं भी चलता हूँ। क्या पता माँ के पास अभी हो या नहीं।" लड़का तेजी से आगे-आगे चल पड़ा। मन्नान पीछे-पीछे। दोनों बेखौफ चले जा रहे थे। गली में एक बड़ा-सा पत्थर पड़ा हुआ था। लड़का उस पर पाँव रखकर खड़ा हो गया। "क्या हुआ बाबू?" मन्नान ने यों ही पूछ लिया। "कुछ नहीं" कहकर लड़के ने पत्थर उठा लिया। उसके चेहरे पर सुर्खी उतर आई थी। मन्नान के तो होश उड़ गए। उसके हलक में एक चीख-सी घुमड़ी। उधर, लड़के ने जोर से पत्थर फेंक मारा। न जाने किस अनजान इशारे से मन्नान ने कपड़े वाला गट्ठर आगे कर दिया। गट्ठर के साथ धप्प से पत्थर टकराया। लगा कि मन्नान के बाजू उखड़ गए हों। फिर भी उसने गट्ठर नहीं छोड़ा। "मार डालिस रे...बचाओ-बचाओ" चीखते हुए मन्नान उलटे पैरों भाग खड़ा हुआ। लड़का भी नौसिखुआ था। थरथराते हुए वह भी अपनी ओर भाग चला। इन्हें भागते देखकर बाजार करने निकले लोग भी भागने लगे। किसी ने किसी से कुछ पूछना भी मुनासिब नहीं समझा। दुकानदारों ने सामान समेटना शुरू कर दिया। धड़ाधड़ शटर गिरने लगे। किसी का आधा सामान तराजू पर अनतौला ही छूट गया, तो किसी की रेजगारी दुकानदार के पास ही रह गई। इक्का-दुक्का सब्जीवाले भी अपना ठेला खड़खड़ाते हुए दौड़ने लगे।

गश्त लगाती पुलिस भी हरकत में आ गई। सायरन बजाती वैन दौड़ने लगी। मन्नान हिन्दू मोहल्ले में दूर तक घुस आया था। भागते हुए लोगों की आँख पैरों में उग आई थी, इसलिए किसी की उस पर निगाह नहीं पड़ी। फिर भी वह पकड़ा जा सकता था...ऐसा सोचकर ही उसका बदन लरजने लगा।

अपनी गलती पर अफसोस होने लगा। सड़क छोड़कर वह रेलवे लाइन पर आ गया। वहाँ भी आर.पी.एफ. वालों का डर लग रहा था। पीठ पर गट्ठर देखकर कहीं यह न समझ लिया जाए कि वह रेलवे वैगन से माल चुराकर भाग रहा है। आर.पी.एफ. वाले सिलतोड़वों से साँठ-गाँठ करके खुद माल निकलवाएँ तो ठीक, वरना अजनबी को देखकर फौरन गोली मार देते हैं। रेलवे लाइन के किनारे-किनारे झाड़ियाँ उगी हुई थीं। मन्नान को लग रहा था कि झाड़ियों के पंजे निकल आए हैं। अनगिनत पंजे उसे पकड़ने के लिए बढ़ रहे हैं। अब वह बीवी-बच्चों का मुँह नहीं देख पाएगा...कितनी मुख्तसर-सी है जिन्दगी? लगा कि कोई उसे झिड़क रहा है...क्या सोचकर तुम कपड़ा बेचने निकले थे? ऐसे वक्त में लोग खाने-पीने की चीजें खरीदेंगे या कपड़ा? निकले भी तो हिन्दू आबादी की ओर क्यों चले गए? थोड़ी दूरअन्देशी से काम लिया होता...'अल्लाह-अल्लाह' करते किसी तरह वह बूढ़े पुल के पास आ गया। यहीं से वह अपने मोहल्ले इस्माइल की ओर मुड़ सकता था। जैसे ही मुड़ने को हुआ कि उसके पैरों में कुछ उलझ गया और वह सामने की ओर गिर पड़ा। गट्ठर दूर छिटक गया। उसी वक्त उसे एक तेज चीख सुनाई पड़ी। मन्नान की नब्ज डूब-सी गई। बूढ़ा पुल है बड़ा खतरनाक—ऊपर से रेलवे लाइन गुजरती है और नीचे से सड़क। ब्रिटिशों के जमाने का है यह पुल। पुराने ढंग का मेहराबदार और सँकरा। दिन को भी अँधेरा रहता है। दूर से देखने पर किसी देव या राक्षस की नाक की तरह दिखलाई पड़ता है...दो बड़े-बड़े सूराख। यहीं से दो रास्ते फूटते हैं। एक मन्नान के मोहल्ले की ओर तो दूसरा हिन्दू आबादी की ओर, ठीक मुहाने पर शहर की गन्दगी ढोनेवाला नाला निकलता है। उधर से ही मन्नान को वह चीख सुनाई पड़ी थी। कोई खर्च हो गया जरूर वरना ऐसी चीख!

मन्नान की डूबी नब्ज में थोड़ी-सी गर्मी आई। उसने आँखें खोलीं तो देखा कि पाँव से लहू रिस रहा है। वह अपने ही डर से झाड़ियों में उलझकर गिर गया था। वह उठकर खड़ा हो गया। उसकी जान जानू में उतर आई थी।

दूर छिटके गट्ठर को उठाया जाए या नहीं! चन्द लम्हों तक वह पसोपेश में रहा। भारी गट्ठर लिये दौड़ना मुमकिन नहीं था और गट्ठर छोड़ा भी नहीं जा सकता था। किसी तरह गट्ठर उठा लिया उसने और जोर से दौड़ने लगा। हलक सूखने लगा। वहाँ भी झाड़ियाँ उग आई थीं। दस ही बजा होगा, लेकिन चारों ओर अँधेरा ही अँधेरा दिखलाई पड़ रहा था...सामने की जमीन किसी अन्धे कुएँ में धँसती हुई लग रही थी और उसे सिर्फ अपना घर दिखलाई पड़ रहा था। जहाँ पहुँचने पर ही तसल्ली मिल सकती थी, पनाह मिल सकती थी।

किस्मत अच्छी थी। मन्नान अपने घर पहुँच तो गया, मगर वह चीख उसके तआकुब में थी। वह अब भी उसके कानों के आसपास गूँज रही थी। पता नहीं वह कौन था? हिन्दू या मुसलमान? कोई भी हो मगर वह भी मन्नान की तरह निकला होगा घर से। बाल-बच्चे मुन्तजिर होंगे कि घर का मालिक लौटेगा तो खाना पकेगा। लेकिन? मन्नान को लग रहा था कि वही जिम्मेदार है इसका। लड़के के पत्थर मारने पर वह इतना चिल्लाया न होता, चुपचाप भाग आया होता। माना कि बलवे का आगाज दूसरे लोगों ने किया था? जिनको मन्नान नहीं पहचानता। बलवा दूसरी वजहों से हुआ था, जिनसे मन्नान का कोई वास्ता न था, लेकिन आज जब हालत सुधर रही थी तो फिर ऐसा हो गया। महज भागने के चलते। इन्तजामिया ने हालत सुधरने के इम्कान से ही तो ढील का ऐलान किया था। लेकिन जब हालत सुधर रही थी तो उस लड़के ने साथ चलने को कहकर पत्थर क्यों मारा? एक जीते-जागते, जाने-पहचाने इनसान को मारकर क्या वह अपने पन्द्रह रुपए बचा लेना चाहता था या अपनी माँ को अकेला पाकर उसे मन्नान की ओर से खतरा महसूस हो रहा था? वह तो लड़का था, नासमझ, तैश में आकर कुछ भी उलटा-पुलटा कर सकता था। मन्नान को तो सोचना चाहिए था। सोचने का मौका मिल कहाँ पाया! पत्थर उछलते ही वह अनजाने में चीख पड़ा था जान बचाने के लिए। वह कई तरह के खयालात से घिरता गया। हालाँकि यह बात उसने किसी को बताई नहीं थी। असगरी को भी नहीं। ऐसी बातों से ही बतंगड़ बनता जाता है, लोगों के दिल में जहर भरता है।

किसी को कुछ नहीं बताने से मन्नान उस चीख की गिरफ्त में तनहा छटपटा रहा था। बाद में पता चला, बूढ़े पुल के पास जिसकी चीख सुनाई पड़ी थी, वह गोपीनाथ था। गोपीनाथ भी अब्बास के बगल में चावल बेचा करता था। मन्नान ने कई बार उससे चावल लिया था। वह भी मन्नान से कपड़े वगैरह ले लिया करता था। रह-रहकर गोपीनाथ की सूरत मन्नान की आँखों में कौंध जा रही थी। गोपीनाथ की मौत की खबर अब्बास ने सुनाई थी। सुनाते वक्त उसके चेहरे पर जरा-सी शिकन भी न थी। मजहब क्या आदमी को आदमी से इतनी दूर कर देता है कि वह अपने हमपेशा के लिए जरा-सा अफसोस भी न करे! सोचने लगा मन्नान...लेकिन अपना और अब्बास का मजहब तो एक है, फिर भी अब्बास ने मन्नान को एक माशा चावल देना मुनासिब न समझा। तो क्या यह जुनून आदमी को आदमी से इतनी दूर कर देता है कि वह अपने हमसाए का भी खयाल न करे!

मन्नान की किस्मत अच्छी थी, उस दिन बच गया, लेकिन अब नहीं लगता कि यह भूख बचने देगी। एक बार ढील देकर इन्तजामिया ने देख लिया है। जरा-सी ढील मिली कि फिर वही तशद्दुद की आग। फिर से बेमियादी कर्फ्यू का ऐलान कर दिया गया था। दुनिया में अल्लाह-तआला ने एक से बढ़कर एक नेमतें बख्शी हैं, लेकिन इस वक्त उसके लिए सब कुछ हराम हो गया था जैसे। राहत कमेटीवाले भी तभी आएँगे, जब कशीदगी खत्म होगी। उसे कुछ सूझ नहीं रहा था। पास में पैसे भी नहीं थे। पैसे रहते तो कुछ जुगाड़ भी हो जाता। लगभग नाकेबन्दी का-सा आलम था, फिर भी मोहल्ले में इधर-उधर से कुछ सामान पहुँच जा रहा था। लेकिन वही...पौने दो रुपए की पाव रोटी पाँच रुपए में। असगरी ने मन्नान को एक निहायत ही बेचैन करनेवाली खबर दी, "हलीमा रात को बीस-पच्चीस रुपए किलो चावल बेच रही है। अलीम की अम्मा बता रही थी कि वह भी पाँच रुपए में एक पाव चावल ले आई है।"

"ओ, तो इसी गुरूर पर यह अब्बास आजकल गानों की फरमाइशें कर रहा है।" दिल डूब गया मन्नान का।

उसे हालात से समझौता कर लेना पड़ा। कोई चारा भी न था सिवाय इन्तजार के। रह-रहकर उसे रमजान का खयाल आता। उससे कुछ सहारा मिलता और वह अल्लाह-अल्लाह कर खैर की दुआ करने लगता। लेकिन जब असगरी और बच्चों पर उसकी निगाह पड़ती तो फिर से हारने लगता और उसका यकीन चटखने लगता। वह हमेशा बरामदे में बैठा रहता। खराई मार जाने से यों भी बदन की सारी तवानाई जाती रही थी। बड़ा तल्ख अहसास हो रहा था। उन घड़ियों का जैसे जिहाद की घड़ी आन पड़ी हो और वह कर्बला में घिर गया हो...लेकिन अलमिया (त्रासदी) यह था कि उसे अपने दुश्मन का ही पता नहीं मालूम था।

उतलत (निठल्लेपन) से उकताकर वह जब कभी जग पड़ता और जब कभी सो जाता। नींद उचट गई थी। किसी औरत के रोने की आवाज आ रही थी। वह कयास करने लगा। आहोजारी कभी सामने सुनाई पड़ती तो कभी पीछे से। रुलाई तेज से तेजतर होने लगी। असगरी को पुकारा। वह बेसुध सोई हुई थी। मन्नान ने उसे झकझोरकर जगाया...यों कि भूखे पेट सोए बच्चों की नींद में खलल न पड़े। कच्ची नींद से जगने के चलते वह नीमख्वाबी में थी। "सुनती हो...यह रोना?" वह फुसफुसाकर बोला।

"कहाँ?" असगरी उठकर सहन में आ गई और अन्दाजा लगाने लगी..."हाँ, कोई रो रहा है...दानिश की दादी है, शायद।"

"गाली किसको दे रही है?"

"लगता है, अमली बाबा को।"

"उनको क्यों? उन्होंने क्या किया है?"

"दानिश परसों से ही बीमार था। उसका पेट चल रहा था?" असगरी बताने लगी, "उसकी दादी उसे अमली बाबा के पास ले गई थी, बाबा ने नक्श (जन्तर) बनाकर दिया है, वह बेअसर हो गया।" वह भी उदासी में डूब गई।

"दवा नहीं करवाई थी?" मन्नान ने पूछा।

"किस डॉक्टर के पास ले जाती?" उलटे उसी ने सवाल दाग दिया, "ले-देकर मोहल्ले में एक होमियोपैथ डॉक्टर बैठता है तो फसाद के बाद से

वह भी नहीं आ रहा है। हकीम साहब हैं तो उनकी आँख से दिखलाई ही नहीं पड़ता।" असगरी कलक से भर उठी, इस मुसीबत से निजात पाने के लिए अमली बाबा को उसने भी एक गमछा दिया था।

मन्नान अपनी जगह पर आ लेटा। मगर बेकरारी बरकरार रही। दानिश की दादी की आहोजारी रफ्ता-रफ्ता कराह में बदल गई। कितना प्यारा और गदबदा बच्चा था दानिश। मन्नान ने जबरदस्ती आँखें मूँद लीं। उसके भीतर इतनी हिम्मत न बची थी कि वह अपने बच्चों की ओर भी देख सके।

अमली बाबा को गमछा देकर असगरी की अक्ल खुल गई। उसने मन्नान से नजर बचाकर गट्ठर खोला। उसमें से पाँच-छह अच्छी-अच्छी साड़ियाँ छाँटकर अलीम की अम्मा के पास ले गई।

"इन्हें जरा हलीमा के पास ले जाओ, न।"

"ना बाबा...मैं नहीं जाऊँगी," अलीम की अम्मा इनकार करने लगी, "मुझे काट खाने दौड़ेगी।"

"जाओ न, बहन! मुझसे तो सीधे मुँह बात तक नहीं करती, वरना मैं ही जाती।" असगरी इसरार करने लगी। "जो मिलेगा उसमें से तुम भी अपना काम चलाना।" इस बात पर अलीम की अम्मा जाने को राजी हो गई।

साड़ियाँ देखते ही हलीमा नाक-भौं सिकोड़ने लगी, "हुँह, बड़ी आई है साड़ीवाली! खुद क्यों नहीं पहनती छमकाकर?" वह यों ही साड़ियों को उलटने-पलटने लगी। सूती साड़ियाँ ही थी। लेकिन रंग बड़ा शोख था, अर्ज भी काफी था। आखिर में हलीमा का मन डोल गया। पूछने लगी "इनमें से कितनी रखनी हैं?"

"चाहो तो सब ले लो।" अलीम की अम्मा आहिस्ता से बोली।

"हुँह, घर में भूनी भाँग ना और बीवी माँगे मुनक्का," हलीमा ने मुँह टेढ़ा किया, "अभी चावल जरूरी है कि साड़ी? असगरी मुझे क्या पागल समझती है?" वह दो खूबसूरत साड़ियाँ एक ओर रखती हुई बोली, "बाकी उठा लो। अलीम की अम्मा! तुम आई हो,? इसलिए कुछ तो खयाल करना पड़ेगा।"

हलीमा कमरे के भीतर गई और एक बोरी लेती आई, "ले कैसे जाओगी? देखना...कोई देखे नहीं अपने वास्ते जो रखी थी, वही दे रही हूँ। तुम आई हो इसलिए।" बोरी में मुश्किल से सात-आठ किलो चावल होगा।

अलीमा की अम्मा उस बोरी को बाकी साड़ियों से अच्छी तरह ढककर अपने घर ले गई। वह भी इस इनसानी कहत की मारी थी। उसने बोरी में से डेढ़-दो किलो के लगभग चावल निकालकर अपने पास रख लिया। बाकी चावल और बाकी साड़ियाँ उठाकर चली तो फिर नीयत बदल गई। हरे रंग की एक साड़ी भी अपने लिए रख ली।

असगरी छह-साढ़े छह किलो चावल देखकर तड़प गई, एक साड़ी नब्बे-सौ से कम की न होगी। तीन-पौने तीन सौ रुपए में बस इतना ही चावल...एक किलो पैंतालीस रुपए में पड़ा या पचास रुपए में...वह हिसाब नहीं कूत सकी। भीतर से इतना तेज गुस्सा आ रहा था कि उठाकर ले जाए चावल और हलीमा के मुँह पर दे मारे...लेकिन बच्चों की ओर निगाह उठी तो वह एकदम ठंडी पड़ गई। "या अल्लाह! रखने को कहाँ जगह मिलेगी कबरमिली को!" वह हौले से बोली और अलीम की अम्मा की ओर मायूसी से देखने लगी। अम्मा समझ गई। वह बड़ी दियानतदारी से बोली, "मैं तो इसमें से कुछ न लूँगी। बासी भात में खुदा का साझा! चल उठ...फिकर छोड़। पकाकर बच्चों को खिला।"

वह बुझे दिल से उठी और ठंडे पड़े चूल्हे को गरमाने का जुगाड़ करने लगी। डर भी रही थी। कहीं शौहर को मालूम हो गया कि तीन साड़ियों के एवज में आया है यह चावल, तो कोहराम मचाने लगेगा। ऐसी हालत में कौन-सा बहाना गढ़ा जा सकता है, इसकी तजवीज करने लगी।

मन्नान बरामदे में बैठा अधजगे में झूम रहा था। उसकी नाक में कभी शोरबे की, तो कभी पुलाव की खुशबू आती मालूम पड़ रही थी। सामने देखा तो अब्बास के मकान के ऊपर कुहासे की तरह धुआँ जमा हुआ था। नाली में भल-भल करके माँड़ बहा और इधर आता-सा लगा। उसने आँखें भींच लीं। इस वक्त अब्बास उसकी नजर में किसी कारूँ से कम नहीं था।

अदहन खौलने लगा था। असगरी चावल धोकर अब डालने ही वाली थी कि अलीम की अम्मा दौड़ती-हाँफती आई, "असगरी! गजब हो गया। हलीमा के घर आज खाना न पकने की नौबत आ गई है।" असगरी के हाथ रुक गए।

"हलीमा आई थी साड़ियाँ लेकर। चावल लौटाने के लिए मिन्नतें कर रही थी, बदन पर दाग दिखा रही थी। अब्बास ने बेतरह पीटा है उसे।" अलीम की अम्मा असगरी से सटकर बताने लगी, "हलीमा लालच में आकर ताबड़तोड़ चावल बेचने लगी तो उसे मालूम ही नहीं हुआ कि कब सारे चावल खत्म हो गए। वह गलतफहमी में मारी गई।" उसके बाद अलीम की अम्मा ने तफसील से जो बताया उसे सुनकर असगरी के होश उड़ गए।

हलीमा समझ बैठी थी कि दूसरे कमरे में चावल की एक भरी हुई बोरी अभी भी रखी हुई है। घर में इस्तेमाल के लिए जो दो बोरियाँ रसोई में रखी थीं, उन्हीं में से एक ताबड़तोड़ बेचे जा रही थी। आखिर में जो सात-आठ किलो बच गया था, उसे ही उसने अलीम की अम्मा को साड़ियों के एवज में दे डाला था। जब वह खुद की खातिर चावल निकालने दूसरे कमरे में गई तो वह भरी बोरी नदारद थी। उसने अब्बास से पूछा तो मालूम हुआ कि उसने तो वह बोरी हाजी रफाकत अली को दे दी है। उनका नौकर आया था ले जाने के लिए। हलीमा के तो पाँव तले से जमीन खिसक गई, "सब उनको क्यों दे दिया?"

"क्या करता?" अब्बास बोला, "नहीं देता तो हाजी साहब नाराज हो जाते।"

"इतना ज्यादा देने की क्या जरूरत थी?"

"तो क्या दो-चार किलो देता उन्हें? वे बड़े लोग हैं।"

"अब अपने वास्ते क्या पकाऊँ?"

"क्यों? अपने लिए तो दो बोरियाँ रखी हुई हैं। कुंडे में भी चावल रखा है।"

"खत्म हो गया," हलीमा दबी जबान से बोली।

"इतनी जल्दी?" अब्बास चौंका, "क्या किया तूने?"

"अपने लिए नहीं किया है। चढ़ी हुई कीमत मिल रही थी तो थोड़ा-थोड़ा बेच दिया।" वह कुछ रुपए अब्बास के हाथ में पकड़ाते हुए बोली, "आखिर

तुम भी तो कारोबार करने के लिए ही ले आए थे। जब घर में ही..." वह अभी बोल ही रही थी कि अब्बास चीख पड़ा, "हरामजादी! बड़ी सखी बनने चली है?" वह मारने दौड़ा, "अब तुझे रुपयों की चटनी पीसकर खिलाऊँ? इतना भी नहीं सोचा कि ऐसी हालत में चावल मुझे भी नहीं मिल सकता।"

"हाजी साहब को देते वक्त नहीं सोचा था," वह अपने बचाव में बोली।

"कल्लादराजी करने चली हो!" अब्बास हाथ छोड़ बैठा, "हाजी साहब ने मेन मार्केट में बिना पगड़ी की दुकान दिला देने का वादा कर रखा है। कैसे नहीं देता उन्हें?" वह तड़ातड़ तमाचे मारने लगा...

"मुझे तो डर है, अब्बास यहाँ भी माँगने न आ जाए। अगर हलीमा ने साड़ियोंवाली बात कबूल कर ली तो?" अलीम की अम्मा की आँखें नम हो आईं, "बीच में मैं नाहक मारी जाऊँगी।"

जिस चावल को मारे गुस्से के असगरी अब से कुछ देर पहले तक लौटा देना चाहती थी, अब उसे किसी तरह बचा लेना अहम मसला बन गया। उसने आव देखा न ताव, एक बड़े से देग में अदहन पलटा और उसमें सारे चावल बिना धोए ही डाल दिए। बचने की एक यही तरकीब नजर आई उसे। अलीम की अम्मा को भी यह रास्ता दिखलाई पड़ गया। वहाँ से वह तेजी से भागी कि अपने घर के चावल भी पकाकर बच्चों को खिला दे।

मन्नान को लगा कि उसके बदन पर कुछ रेंग रहा है। चौंककर देखा उसने—असगरी एक तश्त में भात और नमक लिये उसे हिला रही थी, "उठो! सुनते हो!...खा लो!"

"यह कहाँ से?" वह हैरतजदा होकर बोला।

"यह बाद में पूछना," असगरी उसके कान के पास मुँह सटाकर बोली, "आज अब्बास के घर भी चूल्हा नहीं जला है।"

"आयँ...क्या?" वह हड़बड़ाकर उठ बैठा, "क्या बकती हो? अभी कुछ देर कब्ल मैंने धुआँ उठते हुए देखा है। वह देखो...नाली में माँड़।"

"तुम्हें वहम हो रहा है। मैं खुद जाकर देख आई हूँ।"

"तुझे पता कैसे चला?"

"अलीम की अम्मा बता रही थी कि हलीमा लालच में आकर ताबड़तोड़ चावल बेचने लगी तो उसे मालूम ही नहीं हुआ कि कब सारे चावल खत्म हो गए...देर न करो...लो, खा लो।" असगरी बातों में उलझाकर मन्नान को भात खिला देना चाहती थी। खा लेने के बाद अगर मन्नान जानने की जिद भी करे कि ये चावल कैसे मिले तो वह जवाब दे सकने की हालत में होगी।

"धत!" कहकर मन्नान लरजते हुए उठा और खुद जाकर नाली में झाँकने लगा, जैसे उस दिन उसने कनस्तर में झाँका था,? नाली में काला गाढ़ा पानी बसा रहा था। न जाने अब तक कैसे वह इस बू को भूला हुआ था। मगर इस वक्त यह बात उसे बहुत दिनों के बाद बड़ी शिद्दत से महसूस हुई। नाक मूँदकर वह अपने बरामदे तक आया और असगरी से पानी माँगा।

अब्बास के बेदूद मकान की ओर देखते हुए उसे नागुहानी तसल्ली मिली। असगरी तामचीनी के मग में पानी ले आई। मन्नान ने पेट से बँधा गमछा खोल लिया। भरा मग होंठों से लगाकर वह गटागट पानी पीने लगा।

"अरे यह क्या करते हो?" असगरी रोकने लगी। "खाओगे नहीं?"

भर हीक पानी पी लेने पर उसे जोरों की एक डकार आई। उसके मसाने (मूत्राशय) तन गए और वह पेट पर हाथ टघराते हुए ताड़ की खुरदरी चटाई पर आराम से लेट गया। तश्त में रखे भात की तरफ उसने आँख भी नहीं उठाई। उसके मुँह से निकला, "या अल्लाह! यह कर्फ्यू कुछ दिन और चले।"

पीछे से असगरी की मुबहम-सी आवाज आई, "आमीन!"

['इंडिया टुडे' साहित्य वार्षिकी 1992-93 में प्रकाशित]

बैल

"तो अब, जय सिंह?" मैंने पूछा, "हमारा इलाका कैसा लग रहा है?"

"कोलियरियों में एक नया अनुभव हुआ," वह बोल ही रहा था कि कच्चा कोयला ढो रहा एक 'डम्पर' ऊबड़-खाबड़ सड़क पर जोरों से उछला और ढेर सारा काला चूरा बिखेर गया। जय सिंह कमीज को बाएँ हाथ से झाड़ते हुए बोला, "और बाकी तो सब कुछ वैसा ही है जैसा कोई इंडस्ट्रियल बेल्ट हुआ करता है।"

"कौन-सा, नया अनुभव हुआ?"

"कह नहीं सकता..." वह असमंजस में था, "लेकिन विचित्र लगा था डोली से नीचे उतरते हुए।"

"जानते हो, मैं जब पहली बार नीचे उतरा था, तो अजीब-सी सनसनाहट... भारहीनता के चलते कलेजे पर दबाव...पहले लगा दिल डूबता-डूबता...डूबता ही जा रहा है। एक तरह से यह जिन्दगी के पीछे की ओर लौटने जैसा अनुभव था, कोलतार जैसे गाढ़े होते घने अँधेरे में..."

"यार, तुम्हें तो कवि होना चाहिए?" जय सिंह बड़ा खुश हो गया, "ऐसा ही कुछ कहना चाहता था मैं भी...ऐसा लगा था कि माँ के गर्भ में पुन: प्रवेश कर रहा हूँ।"

फिर भी मुझे लग रहा था कि जय सिंह को यहाँ वह आनन्द नहीं मिल रहा है। जिसकी उसने कल्पना कर रखी होगी। वैसे भी, क्या है इस कोयलांचल-शिल्पांचल में! सिवाय धूल-धक्कड़, धुन्ध-धुआँ और आकाश के नीलनयन में किरकिरी उड़ातीं चिमनियों और धमनभट्ठियों के। पेड़-पौधों और हरीतिमा को तो औद्योगिक फैलाव ने कब का चट कर लिया है। प्रदूषण के चलते जहाँ साल-भर में दस महीनों तक गर्मी ही पड़ती रहे वहाँ के मौसम और माहौल के बारे में क्या कहा जाए? आबोहवा का पहला असर पेट पर पड़ता है। यहाँ के लोगों में गैस्ट्रिक और एसीडिटी आम बीमारी है।

जय सिंह गेहूँ की रोटी खाकर और भैंस का दूध पीकर अब भी तरोताजा बना हुआ है, जबकि वह मेरा ही हमउम्र है। बनारस में हम लोग साथ-साथ पढ़े थे। बाद में पढ़ाई पूरी करके वह हरियाणे के अपने गाँव अजगढ़ में रह गया। उसने कोई नौकरी नहीं की। अजगढ़ में कई एकड़ों में फैला उसका अपना फार्म है। ठाट से खेती करता और मजे लूटता है। मैं कोलियरियों की नौकरी करने इधर आ गया।

पिछले साल मैं जय सिंह के गाँव गया था। मेरी योजना थी कि हरियाणे के मुख्य-मुख्य दर्शनीय स्थलों को देखूँगा, लेकिन उसके गाँव में ही मेरा मन इतना रम गया कि मैं वहाँ से कहीं गया ही नहीं। नौकरी में व्यस्त हो जाने के बाद से सम्भवत: पहली बार मैं गाँव के शान्त परिवेश में गया था। मजदूर, मैनेजमेंट और माफियाओं की चक्करघिन्नी में पिसता मैं वहाँ जाकर थोड़े दिनों के लिए सब कुछ भूल-सा गया था। धानी फसलों की लहराती झील के बीच जय सिंह का मकान किसी बजरे की तरह तैरता लग रहा था। नए और पुराने का अद्भुत संगम था जय सिंह के यहाँ। खेती वह ट्रैक्टरों से ही करवाता था, लेकिन उसने दो डापुट बैल भी पाल रखे थे। भैंस और गायें तो थीं ही। जय सिंह कहता कि मैं तो बैलों की पूजा करता हूँ अब न ट्रैक्टर-थ्रेसर आया है, पहले तो ये बैल ही हमारे काम आते थे।

बैलों को चलता बनाए रखने के लिए वह उन्हें रहट में जोता करता था।

हालाँकि खेतों की सिंचाई पम्पिंग सेट से होती थी। रहट के पास जय सिंह ने एक बाग और फुलवारी लगा रखी थी। वहाँ उसने एक छोटा-सा मन्दिर भी बनवाया था। वहाँ माँ अन्नपूर्णा की एक संगमरमरी प्रतिमा के साथ-साथ शिवलिंग और बैल नन्दी की एक मूर्ति भी स्थापित थी। दूर से देखने पर लगता कि उसी के बैलों में से कोई एक बैठा हुआ है। इन प्रतिमाओं को वह बनारस से लाया था।

मेरा मन लगते देख वह बड़ा खुश हुआ, "तुम्हें और शान्ति चाहिए तो थोड़ी देर मन्दिर में ध्यान लगाया करो। तब देखो, तुम्हें सच्ची शान्ति मिलेगी।"

मुझे लगा कि उसकी अदा और आवाज में किसी भक्त की श्रद्धा नहीं, एक मस्त इनसान का आत्मविश्वास बोल रहा है।

"मैं तो ध्यान-पूजा करता नहीं, तुम तो जानते हो," मैंने उसकी फुलवारी से गेंदे का एक फूल तोड़ते हुए कहा, "जहाँ तक शान्ति और आनन्द की बात है, तो यह सब मुझे प्राकृतिक दृश्यों को देखकर भी मिलता है। जितनी शान्ति गोचर को देखने में है उतनी अगोचर के बारे में ध्यान करने से कहाँ?...गोचर और अगोचर जरा भारी पड़ गया क्या? वैसे, भक्त आदमी हो। समझ लोगे।"

वह तनिक उत्तेजित हो गया, "प्रकृति को भी किसी अदृश्य स्रष्टा ने ही तो अपने हाथों से सँवारा है, रचा है, जिसके सौन्दर्य को देखकर तुम्हें हर्ष होता है। यह सब अपने आप तो पैदा नहीं हुआ।"

मैंने फूल को सूँघते हुए मजाक में कहा, "प्रकृति को किसी अदृश्य स्रष्टा ने पैदा किया है, तो उस स्रष्टा को किसने पैदा किया है?"

"ईश्वर को कौन पैदा करेगा?" जय सिंह पूरे आत्मविश्वास में आ गया, "वह तो अपने आप पैदा हुआ है...स्वयंभू..." वह 'भू' पर पूरा भार डालते हुए बोला।

"सच्चाई यह नहीं है, जय सिंह! अपने आप नहीं...ईश्वर को हमने पैदा किया है, वह हमारा मानस पुत्र है। तुमने देखा होगा, बेटे को बहलाने-खेलाने

के लिए बाप उसे पीठ पर चढ़ाकर घोड़ा बन जाता है। अपने मानस पुत्र ईश्वर को भी हमने चेतना पर चढ़ा लिया है और तब से वह नीचे उतरा ही नहीं।" मैंने भी मन्दिर, खेत और फुलवारी की ओर देखते हुए गुलाम अली द्वारा गाई गजल का एक शेर गुनगुनाना शुरू कर दिया, 'हर जर्रा चमकता है, अनवारे-इलाही से। हर साँस ये कहती है, हम हैं तो खुदा भी है...'

"तुम्हारा दृष्टिकोण एकांगी है," वह मुझ पर झुँझला पड़ा, "तुम प्रत्यक्ष को ही सत्य मानते हो। बहुत कुछ ऐसा है जिसे हम देख नहीं पाते। दिन को तारे नहीं दिखते तो क्या हम मान लें कि तारे होते ही नहीं?"

"ईश्वर क्या है...?" अज्ञात और अबूझ तर्कों का हमारे भावलोक का आधार...बेसहारों का सहारा, पर नितान्त भावनात्मक और कलात्मक! यहाँ तक ईश्वर से मुझे कोई गिला नहीं है, लेकिन जब ईश्वर को शिखंडी बनाया जाता है, तब उसकी आड़ में सारे कुकृत्य और प्रपंच होते हैं। तब वह पाप धोने की लांड्री बन जाता है।"

"यानी एक सीमा तक तुम भी ईश्वर को मानते हो," वह कुछ प्रसन्न होकर बोला।

"नहीं भाई! रंचमात्र भी नहीं मानता।" जय सिंह पक्का आस्तिक था। बनारस में भी वह नियमित गंगा स्नान और विश्वनाथ दर्शन करता था। ईश्वर के प्रति मेरे इनकार से चिढ़कर उसके होने के बारे में वह ढेर सारी अकाट्य-सी लगती दलीलें देने लगा। मुझे सदियों पुरानी इस बहस से कुछ डंठल-भूसा अलग होता हुआ दिखलाई न देता, इसलिए प्राय: मैं उसकी दलीलों को चुपचाप सुन लिया करता था। एक दिन मैंने कह दिया कि ऐसे तर्कों से कोई फायदा नहीं...कहते हैं, एक बार एक आस्तिक और एक नास्तिक में शास्त्रार्थ हुआ। आस्तिक ने ईश्वर के समर्थन में और नास्तिक ने विरोध में सौ तर्क दिए। अगले दिन देखा गया कि आस्तिक तो नास्तिक हो गया और नास्तिक आस्तिक।

"ऐसा मत समझना कि मैं तुम्हारे एकपक्षीय तर्कों से प्रभावित होकर नास्तिक बन जाऊँगा," जय सिंह बोला।

"मत बनो। पर एक बात बताओ, तुम विवेकानन्द बनना पसन्द करोगे या किसी मन्दिर का गँवार, ढोंगी पुजारी। पुजारी ही क्यों, चोर और पापी भी काली माई या हनुमान जी की पूजा कर पापकर्म के लिए मुहूर्त निकालते हैं। वहाँ ईश्वर लाचार है। प्रस्तर प्रतिमा या बेजान मूर्ति उनके गलत कार्य को मानसिक आधार देती है। ईश्वर अगर होता तो पापी फलते-फूलते नहीं और धर्मात्मा सज्जन दर-दर की ठोकरें नहीं खाते।"

मैं वहाँ घूमने और छुट्टियाँ बिताने गया था, किसी नास्तिक मत का प्रचार करने नहीं, उसकी अनसुनी करके मैं ठाट से घूमता, रहट के पानी से नहाता, भोजन वगैरह करके किसी पेड़ के नीचे बैठकर किताबें पढ़ता या गाने सुनता। जय सिंह के यहाँ सारी सुविधाएँ थीं। लेकिन दिक्कत यही थी कि सारी भौतिक सुविधाओं का उपभोग करते हुए भी वह इस जगत को सत्य नहीं मानता था। उसके लिए सत्य किसी अदृश्य लोक में था। खेती-गृहस्थी से लेकर रहन-सहन की तमाम आवश्यकताओं में वह वैज्ञानिक उपकरणों का उपयोग करते हुए भी विज्ञान को गालियाँ दिया करता था। विज्ञान को वह अध्यात्म के मुकाबले में खड़ा करके अध्यात्म को ऊँचा सिद्ध करता। हर रोज मेरे सामने कोई-न-कोई उदाहरण रखता। कभी किसी प्राकृतिक विचित्रता का उदाहरण, तो कभी किसी मानवीय चमत्कार का, जिनका आशय यही होता कि बिना किसी की लीला के यह सब क्योंकर सम्भव है। यह ब्रह्मांड क्यों बना? जीव पृथ्वी पर ही क्यों है? हम क्यों पैदा हुए? मृत्यु के बाद क्या होता है?...जैसे ढेर सारे प्रश्न मेरे सामने रखते हुए वह कहता कि इनके उत्तर दे दो तो तुम्हारी बात मान लूँगा।

मैं कोई लाल बुझक्कड़ तो था नहीं कि उसके इन सवालों के जवाब दे देता। तब वह ताना मारता कि तुम्हारा विज्ञान तो सत्य बतलाने का दावा करता है, वह क्यों नहीं बताता। मुझे बोलना पड़ा, "मेरे यार! हम जिन प्रश्नों के उत्तर नहीं जानते उनसे पिंड छुड़ाने के लिए ही कह देते हैं कि ऊपरवाला सब कुछ जानता है। निरीक्षण, अनुभव और निष्कर्ष के बल पर सत्य के जितने हिस्से

को विज्ञान समझ पाता है उतने को वह पूरे प्रमाण के साथ बताता है। तुम्हारा अध्यात्म भी तो परम सत्य से साक्षात्कार करने की दिव्य दृष्टि देता है। तब तुम्हीं क्यों नहीं बता देते? ईश्वर को जाननेवाले ऋषि-महर्षि, ईश्वर के बेटे या उसके रसूल पैगम्बरों को तो चाहिए था इन प्रश्नों का प्रामाणिक उत्तर देना। असीम ईश्वर को जानने का दावा करनेवाले भी इन ससीम प्रश्नों के उत्तर गोलमटोल भाषा में क्यों देते हैं! स्पष्ट है कि वे भी नहीं जानते। आकाश में अपनी-अपनी ज्ञान-पतंग उड़ाकर वे समझते हैं कि उन्होंने अनन्त का रहस्य जान लिया है। अनन्त में पतंग उड़ाकर एक शिशुवत खुशफहमी जरूर पाली जा सकती है।"

"जिस तरह तुम विज्ञान के गुमान में यह खुशफहमी पाले हुए हो कि एक दिन वह सब कुछ जान लेगा। तुम्हारा विज्ञान अभी कुछ नहीं जान पाया है। जानते हो, आइंस्टीन जैसा महान वैज्ञानिक भी ईश्वर को मानता था।"

मैं जानता था कि मैं जय सिंह को जवाब नहीं दे पाऊँगा क्योंकि खुद मुझे भी कभी-कभी इन प्रश्नों को जानने की इच्छा होती थी। फिर भी मैंने कहा, "जहाँ तक चमत्कारों का सवाल है, तो नहीं जाननेवालों के लिए बिजली भी कम बड़ा चमत्कार नहीं है। तुम्हारे हरियाणे में ही शुरू-शुरू में जब पनबिजली की इकाई बैठने लगी तो आसपास के गाँववालों ने मोटे-मोटे लट्ठ लेकर इंजीनियरों को घेर लिया था कि हमारे पानी से बिजली निकाल लोगे तो उसमें बच क्या जाएगा? उस पानी का हम इस्तेमाल कैसे करेंगे? वे बिजली को मक्खन जैसी कोई चीज समझ रहे थे, जिसके निकल जाने से पानी छाछ की तरह हो जाएगा। आज स्थिति यह है कि हरियाणे के प्रत्येक गाँव में बिजली और सड़क है, सड़क को ही लो तो बस्तर के आदिवासी इलाके में पहले-पहल सड़क बनने लगी तो वहाँ के आदिवासी राजा ने यह कहकर विरोध करना शुरू कर दिया कि यदि सड़क बन गई तो इसी रास्ते समुद्र हहराता हुआ चला आएगा। तुम चूँकि इन चीजों के बारे में जानते हो, इसलिए अचम्भित नहीं होते। तुम जिसे सुपर पावर कहते हो वह पिंड में ही अन्तर्निहित ऊर्जा है, जो

एक विशेष अवस्था में जड़ को भी चेतनत्व प्रदान कर देती है, स्थिर को भी गति प्रदान कर देती है।"

जय सिंह अपने भोले विश्वासों का बरगद था, जो भक्ति और श्रद्धा के बरोहों से और घिरता जा रहा था। इसके बाद उसने मुझसे बहस तो बन्द कर दी थी, लेकिन उसकी पूजा भावना और प्रबल हो गई लगती थी।

इस बार भी जब वह मेरे यहाँ आया तो सुबह-सुबह उठ जाता और नित्यक्रियाओं से निबटकर ध्यान लगा देता। काफी देर तक वह समाधि में रहता...और यह सब करते हुए वह मुझे चिढ़ा भी रहा होता...या शायद मुझे कम-से-कम ऐसा ही लगता। उसकी बातों से लगने लगा था कि उसे एकान्त साधना की उतनी आवश्यकता न थी, जितनी अपनी आध्यात्मिक अनुभूतियों को दूसरों के सामने व्यक्त करके धाक जमाने की। विद्यार्थी जीवन में जो चीज उसके भीतर महज कसक के रूप में थी, अब वह मुखर होकर उसे एक ऐसी विचारधारा का समर्थक बना रही थी जो धर्म और अध्यात्म को सांस्थानिक रूप देने की हिमायत करती थी। वह अपनी आध्यात्मिक आकांक्षा की अभिव्यक्ति ऐसे तत्त्वों में पाने लगा था जो धार्मिक प्रतीकों का उपयोग अपने राजनीतिक स्वार्थों की पूर्ति के लिए किया करते हैं।

मैं मानता था कि धार्मिक होना प्रतिक्रियावादी या साम्प्रदायिक होना नहीं है...लेकिन साम्प्रदायिक या प्रतिक्रियावादी होने के बीज तो इस धर्म में ही छिपे होते हैं, क्योंकि धर्म एक ईश्वर को मानने को तो कहता है, लेकिन वह केवल अपने ईश्वर को ही मानने के कर्मकांडों में लोगों को जकड़ देता है और जो इन कर्मकांडों से ऊपर उठ जाता है; उसे शायद ही धार्मिक माना जाता है। "ईश्वर को माननेवालों को तो बहुत उदार होना चाहिए, जय सिंह! लेकिन तुम दिनोंदिन संकीर्ण होते जा रहे हो।" एक दिन मैंने उससे कहा, "तुम अपने ईश्वर को तर्कों से परे क्यों मानते हो? किसी भी जिज्ञासा को अपने विवेक की कसौटी पर कसकर देखो, तो शायद तुम्हें कुछ समाधान मिले।" मैंने छुट्टी ले रखी थी जय सिंह के लिए। मैं उसे धरती के नीचे शैतान की आँत की तरह

फैली अँधेरी कोलियरियों में उतार चुका था। अगियाबैताल की तरह लपलपाते कारखानों को दिखा चुका था। आसपास के एकाध पिकनिक स्पॉट तक भी हम हो आए थे। अब इस इलाके में कुछ खास देखने को रह नहीं गया था। जय सिंह जाने के लिए भी कह रहा था। मैंने सोचा कि उसे बंगाल का गाँव दिखा दूँ। गाँव के आदमी को शायद यह पसन्द भी आए। जय सिंह भी इस योजना से उत्साहित था।

अगली सुबह हम नहा-धोकर तैयार भी हो गए, लेकिन जय सिंह पूजा पर बैठ गया।

"तुम एक दिन के लिए भी पूजा नहीं छोड़ सकते?"

"इतनी हड़बड़ी क्यों?" वह पद्मासन लगाने के लिए घुटने मोड़ते हुए बोला, "कोई विशेष गाँव है?"

"गाँव गाँव होता है...क्या विशेष और क्या सामान्य। तुम्हें बंगाल के गाँव दिखा दूँ। आदमी को कभी-कभार निरुद्देश्य भी भटकना चाहिए।"

"जो लोग इसी जीवन को अन्तिम और इसी जगत को सत्य मानते हैं, उनकी आत्मा को निरुद्देश्य भटकना ही पड़ेगा, क्योंकि उनके लिए तो यह सब कुछ यों ही अपने आप पैदा हो गया है," उसने तल्खी से व्यंग किया, "मुझे तो यहाँ प्रत्येक क्रिया में, एक-एक वस्तु में उद्देश्य नजर आता है, प्रत्येक रचना के पीछे एक सुनियोजित-सुविचारित योजना नजर आती है। यहाँ तक कि तुम्हारे शरीर का एक भी अंग, एक भी रोम फालतू नहीं है।"

"अब चलो भी। देर हो रही है," कहने को मैंने कह दिया पर तभी मुझे अपने गाँव की एक घटना याद आ गई। मेरा एक गँउवा सूता मिल में काम करने गया, वह मशीन चला ही रहा था कि उसकी आँख में फेसुआ (धुनी हुई रुई या सूत का टुकड़ा) घुस गया। उस दिन वह काम नहीं कर सका। अगले दिन फिर वही हुआ। वह ज्यों ही मशीन के पास जाता त्यों ही उसकी आँख में फेसुआ पड़ जाता। लोगों को लगता कि काम से जी चुराने के लिए वह बहाने बना रहा है। बार-बार फेसुआ पड़ने से उसकी आँख फूलकर गूलर हो

गई थी। आखिर वह डॉक्टर के पास गया। डॉक्टर ने उसे कपड़ा मिल में काम करने से मना कर दिया, क्योंकि उसकी आँख में बरौनी (पिपनी) ही नहीं थी। मैं तो सुनकर दंग रह गया था कि यह मामूली-सी बरौनी भी हमारे कितने काम की है! हमारे भीतर-बाहर सब कुछ कितना सोच-समझकर निर्मित हुआ है।

मैं बुरी तरह से झेंप गया था। मैंने सोच लिया कि जय सिंह से अब ईश्वर सम्बन्धी विवाद नहीं करूँगा। मैंने हाथ जोड़ते हुए कहा, "हे देवज्ञ! आप अपनी पूजा-अर्चना तनिक शीघ्र समाप्त कर लें।"

कोयलांचल की ऊबड़-खाबड़ पठारी भूमि पार करके हम समतल में निकल आए थे। गाँवों का इलाका शुरू हो चुका था। सुबह के साढ़े आठ, पौने नौ बजे होंगे। इधर की हवा हल्की और अच्छी लग रही थी। सड़क के दोनों ओर केले के बागान फैले हुए थे। कहीं-कहीं पान की खेती भी थी। जगह-जगह खुदे पोखरों में कमल और साखू के लाल-गुलाबी फूल खिले हुए थे। पोखरे के शान्त जल में 'क्वेक-क्वेक' करती बत्तखें तरंग उत्पन्न कर रही थीं। केले के बागान में सैकड़ों की तादाद में लाल ठोरवाले सुग्गे टाँय-टाँय करते हुए धावा बोल रहे थे। गाँव की स्त्रियाँ और युवतियाँ घुटनों तक ही साड़ी पहने, नंगी पीठ पर कमर तक झूलते लम्बे केश छितराये पीतल की सँकरी गर्दनवाली कलशी लिये पोखरे की ओर जा रही थीं।

"इधर की औरतें ब्लाउज या पेटीकोट नहीं पहनतीं?" जय सिंह ने पूछा।

"पहनती तो हैं, लेकिन क्या नहाते समय भी पूरी वर्दी डाटे रहें..." मैंने औरतों की ओर देखकर कहा, "यहाँ की औरतें सरसों के तेल की मालिश करके नहाने जाती हैं। इसलिए केवल पतली साड़ी लपेट रखी हैं।"

"तभी तो धूप में इनकी चमड़ी पीतल की कलशी की तरह चमक रही है?" जय सिंह उन औरतों, विशेषकर युवतियों को भरपूर नजरों से देखते हुए बोला।

"इनकी आत्मा कैसी चमक रही है?" मैंने मजाक में पूछा, "तुम्हारी आध्यात्मिक दृष्टि देह पर क्यों टिक गई है?...अस्थि-चर्ममय देह पर?"

उसने मेरी बात अनसुनी करते हुए कहा, "इनके केश तो बहुत लम्बे हैं!"

"एक कहावत है—छाजा, बाजा, केश—तीन बंगाले देश," मैंने गाँव के घरों की ओर इशारा किया, "फूस के छप्परों को देखो। कितने कलात्मक ढंग से छाए गए हैं। यहाँ के गाँवों में तुम्हें नेचुरल ब्यूटी देखने को मिलेगी। प्राय: हर घर में संगीत का अभ्यास होता मिलेगा।" हमने एक गाँव के बीचोबीच निकले मोरम बिछे रास्ते पर गाड़ी दौड़ा दी। मोरम पर चक्का फिसल रहा था, इसलिए गाड़ी धीमी कर देनी पड़ी।

"यह तो यहाँ की औरतों को देखकर ही पता चलता है...नितम्बकेशिनी, कंचनगात्रा, स्मितवदना..." जय सिंह पीछे बैठा हुआ था, उसकी गरम साँस मेरे कानों से टकराई, "यार, हमारे यहाँ की औरतें कद्दावर तो होती हैं, लेकिन इतनी सुन्दर नहीं," महात्मा का मन रम रहा था।

"बंगाल की औरतें अपनी सुन्दरता के प्रति सचेत भी रहती हैं। हाँ, पंजाब की तरफ तुम्हें जिस्म अच्छा मिलेगा तो बंगाल में हुस्न।"

"हर जगह की औरतों की कुछ निजी विशेषताएँ होती हैं। अब आदिवासी औरतों को ही देखो, कृष्णकली होते हुए भी उनके दाँत और वक्ष कितने आकर्षक होते हैं," आँखों ही आँखों में कुछ तलाशते हुए जय सिंह बोला, "अब तक लेकिन पीनपयोधरा एक भी दिखलाई नहीं पड़ी, यार!...आँखें जिसमें फँसकर रह जाएँ...यहाँ तो छटाँक भर की छोरियों-सी छोटी-छोटी छातियाँ..." तो बंगाल का जादू जय सिंह के सिर चढ़कर बोलने लगा था।

"इस पर भी एक कहावत है—चूना, चूची, दही—तीन बंगाला नहीं।"

"हाँ, यार! तुमने जो 'मिष्टी दोई' खिलाया...वह मुझे कुछ खास रुचा नहीं।" जय सिंह बोला।

"वह तो तुम्हें ब्रज की बालाओं की मटकी में ही मिलेगा—शंख अस रुचिर सजाव दही...और चूना मिलेगा बनारस में...जहाँ हम," बनारस के अपनी पढ़ाई के दिनों में हम लौटने ही वाले थे कि मुझे मोटरसाइकिल में ब्रेक लगानी पड़ी। सामने से बंगला बैलों का झुंड चला आ रहा था। दो-दो बैलों

के कन्धे पर जुआ रखकर बीच में हलिश लटका दी गई थी। इस तरह बैलों ने पूरा रास्ता छेंक रखा था। पीछे से चासा लोग बीड़ी सुटकते हुए मस्ती में चले आ रहे थे। हमने मोटरसाइकिल एक ओर कर ली। फटफटिया की आवाज से बैल बिदकने भी लगे थे। ब्रेक हमारी औरत चर्चा पर भी लग गई।

"अमाँ यार! ये बैल हैं कि भेड़," जय सिंह बैलों को आश्चर्य से देखने लगा।

"इधर के बैल ऐसे ही होते हैं। छोटे-छोटे, मुश्किल से ढाई फुट ऊँचे।"

"हमारी तरफ तो ये एक दिन में टें बोल जाएँ," वह अब भी बैलों को ही देख रहा था।

उनके गुजर जाने के बाद हमने गाँव का एक पूरा चक्कर लगाया। लोग हमें आश्चर्य और जिज्ञासा के साथ देख रहे थे। गाँव के बीच से सीधा निकला लाल बजरीवाला चौड़ा रास्ता...रास्ते की सतह से डेढ़-दो फुट की ऊँचाई पर बने बाँस, लकड़ी और मिट्टी के घर...दो या तीन कमरे और उसके सामने एक छोटा-सा बरामदा...बरामदे में बैठे बच्चे और बूढ़ियाँ मूढ़ी फाँक रहे थे। किसी-किसी घर के भीतर से हारमोनियम की तान और तबले की थाप सुनाई पड़ रही थी। घरों के सामने जवाकुसुम, पारिजात या करबी (कनेर) के गाछ... कुल मिलाकर वह गाँव किसी फिल्मी सेट की तरह लग रहा था।

"जानते हो, बंगाल के गाँवों के इसी ढंग के मकानों को देखकर अंग्रेजों ने अपने लिए जो मकान बनवाए उन्हें भी 'बंगला' कहा जाने लगा।"

"अच्छा!...तो मैं जानता था कि 'बंगलों' या 'डाक बंगला' अंग्रेजी का शब्द है!" जय सिंह आश्चर्य से बोला।

हम आगे बढ़ते गए। पूर्व की तरफ जैसे ही हम गाँव की सीमा पर पहुँचे, तो एक विचित्र-सी मूर्ति दिखलाई पड़ी। वहाँ एक चौरस वर्गाकार मैदान था। मैदान के एक कोने में वह मूर्ति थी। न कोई मन्दिर, न कोई छतरी, नितान्त खुले मैदान में एक विशालकाय मूर्ति। हमारी तरफ उसकी पीठ थी। मैदान तक एक पतली डगर चली गई थी। मोटरसाइकिल रास्ते पर ही खड़ी कर हम टहलते हुए वहाँ तक चले गए। वह जटाजूटधारी शंकर की मूर्ति थी...

बाँस और पुआल पर मिट्टी का लेप करके बनाई गई बीस-पच्चीस फुट ऊँची मूर्ति। शंकर को वज्रासन में बैठाया गया था, इसलिए मूर्ति और ऊँची हो गई थी। मिट्टी की होते हुए भी वह काफी सुन्दर थी। कोलतार या काले रंग में रँगी पाट की जटा। बगल में बाईं ओर एक छोटा-सा बैल भी बना था। उसके हिसाब से भी बैल की ऊँचाई घुटने तक आती थी। कहीं से कोई अनुपात नहीं बैठ रहा था। हमें मूर्ति का गौर से मुआयना करते देखकर एक आदमी हमारे पास चला आया। जानते हुए भी मैंने उससे पूछा, "यह किसकी मूर्ति है?"

"शिव देबोता का।"

"मन्दिर के बदले इसे खुले माठ (मैदान) में क्यों बनाया गया है?"

"शिवरात्रि का रोज हियाँ मेला लगता है, पूजा होता है।"

"यों खुली छोड़ देने से मूर्ति खराब नहीं होती?"

"प्रत्येक बच्छर फाल्गुन मास में बना देता है। इस बच्छर बरसात में खाराप होगा तो फिन सामने बच्छर नया बाना लेगा," वह बोल रहा था।

"मूर्ति तो बहुत अच्छी है। क्या आपने बनाई है?"

"नेंई। बरुन पाल बानाया है। हम खाली माटी लाया था। ऊ बहुत अच्छा बनाता है।"

"बरुन पाल इतना अच्छा बनाता है तो बैल इतना छोटा क्यों बनाया है?" इस बार जय सिंह बोला, "शिव की मूर्ति इतनी ऊँची और बैल इतना छोटा, बकरी जैसा..."

"बरध की एर थिके बड़ो होय?" वह आदमी चिढ़ गया और टूटी-फूटी हिन्दी छोड़कर बंगला बोलने लगा, "ओइ दिके देखो तो..." उसने खेत जोतते बैलों को दिखलाया, "बरध की एर थिके बड़ो होय? तोमरा बिहारी बटो ना की?"

कुछ न समझते हुए जय सिंह अकबकाकर मेरी ओर देखने लगा तो मुझे समझाना पड़ा, "यह आदमी अपने यहाँ के बैलों को दिखलाते हुए कह रहा है कि बैल क्या इससे बड़ा होता है? तुम लोग बिहारी हो क्या?"

"क्यों, बिहारी क्यों?" जय सिंह तात्पर्य समझ न पाया।

"इसलिए कि बंगाल के लोग बिहारियों को बुद्धू समझते हैं। यह बात अलग है कि हर हिन्दी बोलनेवालों को ये बिहारी ही समझते हैं। तुम चूँकि यहाँ के बैलों को देखते हुए भी बुद्धुओं की तरह पूछते जा रहे हो, इसलिए यह भी पूछ रहा है कि तुम क्या बिहारी हो?"

जय सिंह मेरी ओर देखकर मुस्कुराया, फिर उस आदमी से बोला, "हरियाणे में तो इससे दोगुने...तुमसे भी ऊँचे बैल होते हैं।"

"हुआँ होता है, तब हुआँ का आदमी हुआँ का माफिक बानाएगा।" वह आदमी उपेक्षा से बोलने लगा, "हमारा हियाँ जइसा होता है, उसी का माफिक बानाएगा।"

"मान लिया बैल इससे बड़े नहीं होते तो शिव इतने बड़े कैसे हो गए?" मैंने उस आदमी से चुहल के अन्दाज में पूछा, "इतना बड़ा कहीं आदमी होता है?"

"शिब तो आदमी नेंइ है। ऊ तो इससे आउर ऊँचो होने सेकता है। कैलाश पर्वत से भी जास्ती ऊँचो। ऊ तो हामलोग को मोई (सीढ़ी) नेंइ मिला, ना तो आउर ऊँचो बानाता। इसी का वास्ते तीन-चार ठो मोई जोग करना पड़ गिया," कहकर वह आदमी बेरुखी से चल पड़ा। शायद उसे हमारी बेमतलब की यह बकवास भली नहीं लगी थी।

"यह आदमी भी निरा बैल है?" जय सिंह ने क्षुब्ध होकर कहा, "इसने दुनिया देखी ही नहीं है।"

"यह तो बेचारा भोलाभाला ग्रामीण है। खेती में वृद्धि और सुरक्षा के लिए भगवान को पूजता है। आदमी अपने आसपास की चीजों को देखकर ही कुछ पहचान निश्चित कर पाता है," मैं जय सिंह के असमंजस को भी समझ रहा था क्योंकि उसके भीतर भी बैलों की जो पहचान उभर रही थी, वह अपने यहाँ के हिसाब से। "सामने तुम जो देख रहे हो, वह यथार्थ और फन्तासी के तनाव से उपजा है। यह छोटा बैल ही यहाँ का यथार्थ है, इसलिए इसे देवता का वाहन मानते हुए भी मूर्तिकार की कल्पना यथार्थ से विद्रोह नहीं कर पाती। ईश्वर चूँकि आदमी की सबसे बड़ी फन्तासी है इसलिए मूर्तिकार की कल्पना

यथार्थ को स्वीकार नहीं कर पाती। इस आदमी के मन में भी कैलाश पर्वत से ऊँचा कोई पैमाना नहीं है। अत: वह मान बैठा कि शिव तो उससे भी ऊँचे हो सकते हैं," मैंने जय सिंह से कहा, "तुम चूँकि पढ़े-लिखे हो इसलिए अपनी फन्तासी ईश्वर के बचाव के लिए तनिक अधिक प्रभावी तर्क गढ़ ले सकते हो।"

जय सिंह ने मेरी ओर दुष्ट दृष्टि से देखा, फिर वह बैल और शिव की बेमेल प्रतिमाओं को एकटक देखने लगा। ऊपर से तो वह खामोश था। लेकिन भीतर-ही-भीतर न जाने क्या कुछ सोचे जा रहा था। थोड़ी देर बाद उसने अजीब ढंग से मेरी ओर देखा और एक लम्बी साँस छोड़ते हुए बोला, "मुझे नहीं पता था कि ईश्वर तुम्हारी इतनी जल्दी सहायता करेगा।"

मैं वाकई निरुत्तर हो गया। इससे आगे कुछ बोलने में अपने आपको असमर्थ पाया। जय सिंह भाँप गया। वह मेरी ओर देखकर विजेताओं की तरह मुस्कुराया।

मुझे तो जय सिंह खुद एक छोटे-से बैल की तरह नजर आया, जिसने अपने लिए बहुत बड़ा एक ईश्वर गढ़ लिया है।

['इंडिया टुडे' 31 मार्च, 1993 में प्रकाशित]

बुद्धिभोजी

अर्थ और अनर्थ—दोनों में उदारीकरण की नीति स्वीकार कर लेने के बाद अपनी खुली आर्थिक नीति का ढिंढोरा पीटने तथा विदेशियों को अपने देश में पूँजी-निवेश के लिए न्योता देने के उद्देश्य से भारत के तत्कालीन वाणिज्य मंत्री ओंकार बाबू उच्चस्तरीय शिष्टमंडल के साथ तेजी से समृद्ध हुए एक पूर्वी देश की यात्रा पर थे।

मेजबान देश के व्यापारियों के केन्द्रीय संगठन की ओर से इनके सम्मान में भोज का आयोजन किया गया था। भोज के अवसर पर वहाँ के व्यापारियों को सम्बोधित करते हुए वाणिज्य मंत्री ने वैश्विक अर्थनीति, भूमंडलीकरण और मुक्त बाजार-व्यवस्था के समर्थन में एक संक्षिप्त, मगर सारगर्भित भाषण भी दिया, भारत में पहले से चली आ रही नियंत्रित अर्थ-प्रणाली और लाइसेंस-परमिट राज की समाप्ति के बाद विदेशी निवेशकों को मिलनेवाले खुले अवसर का जिक्र अपने भाषण में उन्होंने बार-बार किया था।

भोज बहुत शानदार था, वहाँ किस्म-किस्म के खाद्य और पेय व्यंजन थे, 'वाइन एंड डाइन' की उत्तम व्यवस्था थी, एक से बढ़कर एक स्थानीय और कॉन्टिनेंटल डिशें सर्व की जा रही थीं, जिन्हें केवल गिना जाए, तो पहले का खाया पच जाए, पुराने कोटा-परमिट राज में प्रचलित उक्ति 'काम अधिक, बातें

कम' के विपरीत वहाँ खाना कम, बतियाना अधिक हो रहा था। ओंकार बाबू 'मिक्स्ड सलाद' के साथ थोड़ी-सी वाइन लेने के बाद 'क्रैब मीट सूप' पी रहे थे। राजनयिक शिष्टता के साथ खाते-पीते हुए लोगों के बीच ओंकार बाबू के प्रभावशाली भाषण पर अब भी चर्चा चल रही थी। भारत के खुले बाजार का जिस तरह से उन्होंने कोरा खाका खींचा था, उसमें वहाँ के व्यापारी अपनी-अपनी तरह से रंग भरने को तैयार लग रहे थे, उनके भाषण से वहाँ के व्यापारियों में सुगबुगाहट शुरू हो गई थी, वे प्रभावित भी हो चले थे...कम-से-कम वाणिज्य मंत्री का ऐसा ही मानना था, लेकिन वाणिज्य मंत्री के लिए भोज से महत्त्वपूर्ण अपने देश का हित था, भोज तो वहाँ के निवेशकों के सम्पर्क में आने का माध्यम-भर था, बल्कि उन्हीं के माल से उन्हीं को लुभाने का जरिया।

प्रत्येक नई डिश का स्वाद लेते हुए वहाँ के व्यापारियों के मन में बची रह गई शंकाओं का भी समाधान वह बड़ी चतुराई से करते जा रहे थे, शंकाओं का समाधान करते समय वह इतने निश्शंक थे कि उनकी तमाम शर्तों को मान ले रहे थे, अपनी सिर्फ एक शर्त पर कि वे भारत में पूँजी निवेश करें, पहला ही भाषण इतना असरदार रहा...इससे ओंकार बाबू भी कम उत्साहित नहीं थे, मेजबान देश के कई देशीय व्यापारी कतिपय कम जोखिमवाले क्षेत्र में निवेश के प्रति उत्सुकता भी प्रकट करने लगे थे।

इसी बीच ओंकार बाबू के सामने एक विशेष प्रकार की चीज लाई गई, दालचीनी की लकड़ी की डोंगीनुमा छिद्रदार तश्तरी में करीने से कई छोटी-छोटी मछलियाँ रखी हुई थीं...रबर की तरह लचीली, हल्की भूरी-सुनहरी मछलियाँ, सारी-की-सारी मछलियाँ गलफड़ खोल-खोलकर साँस खींचने की चेष्टा-सी कर रही थीं, भारत के वाणिज्य मंत्री को लगा कि इन्हें दिखाकर पूछने के लिए लाया गया है कि इनसे बनी 'डिश' खाएँगे तो! जीवित मछली खाने के लिए तो लाई नहीं जाएगी! या क्या पता, यहाँ भोज के बीच जीवित मछली दिखलाने का कोई रिवाज हो!

वे मछलियाँ बड़ी सुन्दर लग रही थीं...गोल्डफिश की तरह ऑर्नामेंटल...

चिकनी-चमकदार, एकदम शल्कहीन, गलफड़ खोलकर साँस खींचने के लिए एक के बाद एक क्रमागत रूप से उनका हाँफना सरगम की तान की तरह लग रहा था, जैसे हारमोनियम की रीड पर अदृश्य उँगलियाँ फिर रही हों।

ओंकार बाबू के असमंजस को मेजबान ताड़ गए, उन लोगों ने तुरन्त बताया कि मछलियाँ पूरी तरह सींझी हुई हैं...कि इन्हें न तला गया है, न भूना गया है, न सेंका गया है, न उबाला गया है, न जमाया गया है और न गलाया गया है, बल्कि नमक और कुछ खास तरह के खुशबूदार मसालों के अर्क का बफारा दिया गया है।

"परन्तु इनका यों मुँह खोलना!" भारत के वाणिज्य मंत्री का मुँह भी खुला रह गया।

"रसोइए ने इनको इस कौशल के साथ राँधा है कि पूरी देह भाप में सींझ जाने के बाद भी ये मुँह खोलकर साँस खींचने की कोशिश-सी करती लग रही हैं," एक मेजबान काफी धैर्य से बताने लगा, "एक विशेष डिजाइन के 'बैनमेरी' जैसे कूकिंग यूटेंसिल में एक-एक मछली को इस तरह लिटाया जाता है कि इनका मुँह खुले में रहे और पूरी देह अन्दर...जैसे आदमी वाष्प-स्नान करता है...कुछ-कुछ उसी तरह। और तब नमक मिले मसालों का अर्क धीरे-धीरे छोड़ा जाता है। इस प्रक्रिया में समय तो काफी लगता है, लेकिन मछलियों को पता नहीं चलता कि कब वे सींझती जा रही हैं।"

ओंकार बाबू के लिए यह सारा व्यापार विस्मयकारी था, इसके पहले भी वह लगभग पूरी दुनिया घूम चुके थे। देश-विदेश की कई तरह की मछलियों को देखने का मौका मिला था उन्हें...छोटी-से-छोटी 'मिन्नो' या इंच भर की 'गॉबी' से लेकर बड़ी-से-बड़ी, कई मीटर लम्बी 'शार्क' तक...दो-तीन ग्राम से लेकर बीस-बाईस टन की वजनवाली मछलियाँ तक...बड़ी मछलियों को लुभाने के लिए चारे के काम आनेवाली 'एंकोवेटा' से लेकर उग्र स्वभाववाली मांसाहारी 'पिरान्या' और 'कैरिबा' तक अजीबोगरीब स्वभाववाली, विभिन्न रंगोंवाली, विचित्र आकार-प्रकारवाली मछलियों को देखा था उन्होंने, लेकिन

ऐसी मछली तो देखने की दूर रही, इसके बारे में उन्होंने सुना तक नहीं था... सींझ जाने के बावजूद गलफड़ खोलते जाना...पुराने लोग ठीक ही कहते थे कि क्षत्रिय, धान और मछली की जाति का कोई अन्त नहीं है। भारत के वाणिज्य मंत्री के लिए यह मछली तो सचमुच उदारीकरण के बाद की पहली विदेश-यात्रा की नायाब उपलब्धि थी।

उन्होंने एक मछली को हाथीदाँत से बनी 'चॉपस्टिक से छुआ...इस्पंज की तरह मुलायम लगी उसकी देह, स्टिक उसकी देह में खब से घुप गई, साँस खींचती मछली की गुल्ली आँखें नाचकर स्थिर हो गईं...सचमुच, वह जीवित थी और अच्छी तरह से सींझी हुई भी, उँगलियों का दबाव डालकर उन्होंने उसे तोड़ा और तनिक हिचक के साथ चखा...धीरे-धीरे स्वाद लिया... गजब की लजीज लगी वह! मसालों के अर्क ने उसके स्वाद को कई गुना बढ़ा दिया था, अब बेधड़क खाने लगे वह, कौन-सी नदी के कैसे पानी में पलती हैं ये मछलियाँ...पद्मा नदी की 'हिलसा', राइन नदी की 'सैमन' और टेम्स की 'ग्रेलिंग' तो कुछ नहीं है इसके सामने...

संसार की न जाने कितनी मछलियाँ और उनसे बनी 'डिशें' खा चुके थे वह, लेकिन ऐसा स्वाद इसके आगे कभी नहीं मिला था...सचमुच अपूर्व! मछली की कौन कहे, उनके अंडों से बना व्यंजन भी उनसे बाकी नहीं रहा है...जैतून के तेल में लहसुन के साथ पके 'म्यूलिट' या धुआँई हुई 'कॉड' के अंडों का ग्रीक प्रिपरेशन 'टैरामसलाटा' हो या 'स्टर्जन', 'स्टर्लेट', 'सिव्रूगा' आदि मछलियों के अंडों से बना रूसी प्रिपरेशन 'कैवियर' हो, डिब्बाबन्द 'सार्डिन' और 'किपर' हो या—'एंकोवी' मछली का अचार, 'प्रॉन न्यूबर्ग' हो या 'ब्लूफिन टूना' का 'फिश डायना'...न जाने कितनी बार खाया है उन्होंने, 'वोदका' के साथ 'कैवियर' खाना अपने-आप में एक सुखद अनुभव रहा है उनके लिए, लेकिन पहले का खाया बिलकुल बेकार था इस मछली के सामने। कवि जायसी के शब्दों में कहें, तो—'नहिं अस देख, न कबहूँ खाए।'

मेजबानों में से किसी ने बताया कि इन मछलियों के सिर को निगलते हुए

खाया जाए, तो गले से 'गिर्र...गिर्र' की आवाज-सी आती महसूस होती है... जो और अच्छी लगती है।

भारत के वाणिज्य मंत्री ने दो-तीन बार ऐसा करने की कोशिश की, मगर 'गिर्र...गिर्र' की आवाज नहीं महसूस हुई, तो उन्होंने कोशिश ही छोड़ दी और उनके पाक-शास्त्र की प्रशंसा करने लगे। मेहमान अगर रुचि से खाए...वह भी ऐसा मेहमान, जिसके पेट में भगवान के विराट रूप में दीखनेवाले सम्पूर्ण खगोल की तरह एक भरा-पूरा खुला-खाली बाजार नजर आ रहा हो...तो मेजबान के लिए इससे बड़ा सौभाग्य और क्या होगा!

"पाक-शास्त्र के साथ-साथ आपको मसालों के रसायन-शास्त्र की भी प्रशंसा करनी पड़ेगी," मेजबानों ने उस प्रशंसा को स्वीकार करते हुए, परन्तु कुछ और नए आयाम जोड़ने का प्रच्छन्न आग्रह करते हुए कहा, "क्योंकि ये हल्दी, मेथी, जीरा, धनिया की तरह सामान्य मसाले नहीं हैं। ये वर्षों के रासायनिक शोध के परिणाम से उपजे मसाले हैं, जिन्हें खाने से केवल जीभ पर नहीं, दिल और दिमाग पर भी अच्छा असर पड़ता है।" इसी आग्रह में कुछ और आग्रह जोड़ते हुए उन लोगों ने खिलाना जारी रखा। अनुकूल अवसर पाकर एक बड़े व्यापारी ने भारत के वाणिज्य मंत्री के समक्ष यह प्रस्ताव भी रख दिया कि यदि आप चाहें, तो हम भारत में ही इन मछलियों की तैयार 'डिश' खिलाने का उपक्रम शुरू कर सकते हैं।

"आप इसकी विस्तृत रूप-रेखा तैयार करके प्रस्तुत करें...हम अवश्य विचार करेंगे।" ओंकार बाबू ने इस तरफ भरपूर रुचि दिखाते हुए यों ही पूछ लिया, "लेकिन ऐसी मछली तो हमारे यहाँ होती नहीं!"

"यहाँ भी नहीं होती थी...कहीं भी नहीं होती थीं।" उसी बड़े व्यापारी ने बताया, "अमेरिकी मत्स्यविदों ने पिसीकल्चर में एक ऐसा तरीका ईजाद किया है कि आपके यहाँ पहले से उपलब्ध मछलियों के जीरे से ही एक विशेष प्रकार का चारा बनाकर कुछ मछलियों को लगातार खिलाया जाए, तो वे ऐसी मछलियों में बदल जाएँगी।"

"यानी ये मछलियाँ आपके देश की उपज नहीं हैं?" भारत के वाणिज्य मंत्री को तनिक हैरानी हुई।

"भूमंडलीकरण के दौर में कौन देश अपना और कौन पराया...ऐसा सोचना ही भूल है।" उसी बड़े व्यापारी ने बताया। भारत के वाणिज्य मंत्री के आश्चर्य का ठिकाना न रहा, यह जानकर कि तेजी से समृद्ध हुए इस पूर्वी देश के व्यापारियों के केन्द्रीय संगठन के अधिकतर सदस्य बहुराष्ट्रीय कम्पनियों से पुच्छबद्ध हो चुके हैं। भारत के वाणिज्य मंत्री ने यह निष्कर्ष निकालने में तनिक भी विलम्ब नहीं किया कि भारत को भी अगर तेजी से समृद्ध होना है, तो इसी पद्धति का अनुसरण करना होगा।

"कौन-सी प्रजाति है यह?" ओंकार बाबू ने पूछा।

"इसमें कई एशियाई प्रजातियों का मेल है और सबसे मुख्य बात यह कि यह प्रवर्धित प्रजाति है, इसलिए इसका ट्रेड नेम ही प्रचलित किया गया है—'गॉस्पी डैगन।'

"इतनी प्यारी मछली और नाम दिया गया है—ड्रैगन!" वाणिज्य मंत्री ओंकार बाबू को यह नाम शायद जँचा नहीं या ठीक से सुनाई नहीं पड़ा, क्योंकि शब्द को सुनने अथवा उसका अर्थ निकालने के पीछे श्रोता के उस शब्द के अर्थ के प्रति अपने पिछले अनुभवों का भी बड़ा हाथ होता है।

"जी, ड्रैगन नहीं-डैगन...D-A-G-O-N बाइबिल के अनुसार, डैगन फिलिस्तीन के राष्ट्रीय देवता का नाम है, जिनका रूप आधा आदमी और आधा मछली का माना गया है।" वह बड़ा व्यापारी मुस्कुराते हुए बोलने लगा, "हाँ, जहाँ तक इनको राँधने के कौशल का मामला है, तो आपके यहाँ के ही कुछ रसोइयों को प्रशिक्षण देना पड़ेगा...खैर, यह प्रशिक्षण हम अपनी ओर से नि:शुल्क देते हैं।"

"हम इस प्रस्ताव पर जरूर विचार करेंगे।" भारत के वाणिज्य मंत्री बोले। उनके मन में तुरन्त खयाल आया कि सबसे पहले अपने ही रसोइए को वह प्रशिक्षण दिलवाने की व्यवस्था करवाएँगे।

"यह मछली केवल स्वादिष्ट ही नहीं, वरन् अन्य किसी भी मछली की तुलना में स्वास्थ्य के लिए बहुत गुणकारी है।" उस बड़े व्यापारी ने अमेरिकन मेडिकल एसोसिएशन की एक रिपोर्ट का हवाला देते हुए बतलाया, "देखिए, यूनिवर्सिटी ऑव वाशिंगटन के रिसर्चरों ने इसकी पुष्टि की है कि 'गॉस्पी डैगन' की वसा में ओमेगा-3 सीरीज की 'पॉली अनसैचुरेटेड फैटी एसिड' (प्यूफा-असंतृप्त वसीय अम्ल) प्रचुर मात्रा में उपलब्ध है, इससे 'कोलेस्ट्रॉल' का शमन होता है। ओमेगा-3 वसीय अम्ल धमनियों में जानेवाले कोलेस्ट्रॉल का सफाया करता है। अगर इस मछली को सप्ताह में एक बार भी खाया जाए, तो दिल के दौरे से अचानक होनेवाली मौत में 50.05 प्रतिशत की कमी आती है। अगर इसे नियमित खाया जाए, तो दिल की बीमारियों में 92.2 प्रतिशत की कमी आ जाती है।"

"सप्ताह में एक बार खाने से 50 प्रतिशत की कमी आती है, तो..." भारत के वाणिज्य मंत्री ने एक प्रासंगिक सवाल किया, "नियमित खाने से शत-प्रतिशत की कमी आनी चाहिए न?"

"जी, आनी तो चाहिए। किसी-किसी में आ भी जाती है।" वह बड़ा व्यापारी पहले तो थोड़ा असहज हुआ, लेकिन तुरन्त बड़ा अच्छा जवाब देते हुए बोला, "मुझे उम्मीद है कि भारतीय जलवायु में शत-प्रतिशत की कमी आ जाएगी, क्योंकि भारत का मेडिकल साइंस यूनिटरी मेथड पर बड़ा सफलतापूर्वक कार्य करता है।"

इतनी गुणकारी मछली का यह प्रस्ताव वाणिज्य मंत्री को एकदम भा गया। उन्होंने इसी यात्रा में इस उपक्रम का पूरा ब्योरा प्रस्तुत करने का आह्वान कर डाला।

इस त्वरित आह्वान पर उस बड़े व्यापारी ने तनिक सहमते-सकुचाते हुए कहा, "इस मछली के प्रजनन, पालन-पोषण से लेकर तैयार डिश परोसने तक में काफी समय और श्रम लगता है...मोटी रकम भी खर्च हो जाती है। अगर वहाँ हमारा उत्पादन पूरे का पूरा नहीं बिका, तो हम बहुत बड़े घाटे में रहेंगे, क्योंकि मुनाफा तो हम लोग नाम-मात्र का लेते हैं, बल्कि इन्फ्रास्ट्रक्चर में ही हमारी बहुत बड़ी पूँजी अटक जाती है। इसी आशंका से हम कुछ गिने-चुने

देशों में ही अपना कारोबार चला पा रहे हैं...उन देशों में, जिनका रिकॉर्ड काफी अच्छा रहा है। मुझे दु:ख के साथ कहना पड़ रहा है कि ऐसे मामलों में भारत का रिकॉर्ड कोई अच्छा नहीं रहा है।"

वाणिज्य मंत्री एकदम घबरा गए। कहीं यह व्यापारी सचमुच हाथ न खींच ले। तब तो हम विदेशी निवेश के एक बहुत अच्छे अवसर से वंचित हो जाएँगे। उस व्यापारी के मन में और दुविधा उठती—इसके पहले ही भारत के वाणिज्य मंत्री बोल उठे, "अब वह बात नहीं रही, अब हम बेहतर हालत में हैं। आपका जो माल बिकने से रह जाएगा, उसे हम सरकार के स्वामित्ववाले होटलों और रेस्तराँओं में खरीद लेंगे। आपकी आशंका एकदम निराधार है। आप अपना अगला पड़ाव भारत में बेखौफ होकर डालें। हम इतनी बेहतर हालत में हैं कि चाहें तो आपको डॉलर में भुगतान कर सकते हैं।"

उनके साथ गए शिष्टमंडल के एक सदस्य को लगा कि बात कुछ गड़बड़ाती जा रही है। उचित अवसर निकालकर उसने वाणिज्य मंत्री के कान में कहा, "काउंटर गारंटी देने की कोई जरूरत नहीं है। इनकी यह एक व्यावसायिक चाल है। अपने निवेश की पाई-पाई की वापसी का इन्तजाम कर लेना चाहते हैं ये।"

वह सदस्य अभी और कुछ बोलता, लेकिन भारत के वाणिज्य मंत्री ओंकार बाबू ने एकदम धीमे से, ताकि केवल वही सुन सके, पर बहुत ही सख्त लहजे में चेता दिया, "देखिए, जनाब! बाहरी निवेशक आपके यहाँ लंगर चलाने नहीं जा रहे हैं...यह बात पूरे देश को समझनी चाहिए।"

"जी...ये तो स्थायी रूप से लंगर डालने जा रहे हैं...पूरे देश के साथ मैं भी समझ ही रहा हूँ।" बढ़-चढ़कर सोचनेवाले उस सदस्य ने मन-ही-मन सोचा और निहायत ही अहिंसक तरीके से चुप हो गया।

शिष्टमंडल के एक अन्य सदस्य ने भी वाणिज्य मंत्री की चेतावनी सुन ली थी। वह उनका समर्थन करते हुए बोला, "बिलकुल सही कह रहे हैं आप। मछली के तेल में ही मछली को तलने के लिए पहले तो थोड़ा-सा तेल अपनी ओर से लगाना ही पड़ता है।"

"यह तो अच्छी बात है। डॉलर में भुगतान करने पर हमारा भी वादा है कि समयबद्ध चरण में मछलियों को रूपान्तरित करने की तकनीक हम भारत को हस्तान्तरित कर देंगे।"

खुशी के मारे उस बड़े व्यापारी का अति गोरा चेहरा लिटमस की तरह लाल हो गया, वह बोला, "इस मछली की खपत पार्लियामेंट की कैंटीन में भी हो सकती है। यह गॉस्पी डैगन सांसदों और ब्यूरोक्रेटों के लिए अधिक फायदेमन्द है, क्योंकि इसमें 'ऐंटी ओबिसिटी इफेक्ट' (मोटापा कम करनेवाला प्रभाव) भी पाया जाता है।" उस बड़े व्यापारी ने फ्रांस के 'सेंटर फॉर इकोलॉजी एंड फिजियोलॉजी ऑव एनर्जी' की एक बुलेटिन दिखलाते हुए बताया, "देखिए... इसका शीर्षक...'गॉस्पी डैगन टु क्योर ओबिसिटी'...रिसर्चरों ने दिखलाया है कि इस मछली में एन-3 सीरीज का लॉन्ग प्यूफा प्रचुर मात्रा में उपलब्ध है, जो मोटापा कम करने में समर्थ है। आनुवंशिक प्रभाव के चलते अथवा समृद्ध भोजन करने के उपरान्त बैठकर या केवल बोलकर काम करनेवाले के पेट या उसके नीचे वस्ति प्रदेश में जो मेदुरता आ जाती है, उसे यह बहुत जल्द समाप्त कर देता है। इस परिणाम का पुष्टिकरण भी हाल ही में दो स्वतंत्र टीमों द्वारा हुआ है। पहली टीम 'नेशनल इंस्टिट्यूट फॉर हेल्थ एंड मेडिकल रिसर्च, पेरिस' की थी और दूसरी 'दि यूनिवर्सिटी ऑफ ओस्लो इन नार्वे' की। पहली टीम के रिसर्चरों ने अनुभव किया है कि यह प्रभाव एन-3 सीरीज के प्यूफा के एक विशेष घटक 'इकोसैपेंटानोइक एसिड' के कारण है, जिसकी एक बूँद खून में मिलकर फालतू मोटापे की दर एक-तिहाई तक कम कर देती है। यह तथ्य इससे भी प्रमाणित होता है कि भारत की दोनों विश्व-सुन्दरियों का जब परीक्षण किया गया था, तो उनके रक्त में 'इकोसैपेंटानोइक एसिड' का प्रभाव पाया गया था। 'दि यूनिवर्सिटी ऑफ ओस्लो इन नार्वे' के रिसर्चरों का कहना है कि प्योर इकोसैपेंटानोइक एसिड का उपयोग 'एथीलिक एस्टर कैप्स्यूल' के मार्फत भी किया जा सकता है। पता नहीं, भारत की सुन्दरियाँ इस कैप्स्यूल का व्यवहार करती हैं या नहीं...अगर करती भी होंगी, तो अब उन्हें करने की

जरूरत नहीं है, क्योंकि माँ बनने की उनकी क्षमता पर इस तरह के कैप्स्यूलों का प्रतिकूल प्रभाव भी पड़ता है। गॉस्पी डैगन में यह पहले से मौजूद है, जो अवान्तर प्रभाव नहीं डालता।"

शिष्टमंडल के बढ़-चढ़कर सोचनेवाले उस सदस्य ने मन-ही-मन चिढ़कर सोचा कि ये विश्व सुन्दरियाँ माँ बनने के लिए होतीं ही नहीं, बल्कि ये माँ बनने की महज पूर्व प्रक्रिया के लिए ज्यादा योग्य होती हैं।

वाणिज्य मंत्री को यह मछली अपने लिए भी बहुत जरूरी लगी। छोटे शरीर की तुलना में अपने पेट और पेड़ू का बेडौल फैलाव वह महसूस भी करने लगे हैं। सबसे ज्यादा दिक्कत देर तक चलनेवाली बैठकों में होती है। बेल्ट में कसा पेड़ू मुक्ति के लिए कसमसाने लगता है...पिंजरे में बन्द अलसाए शेर की गुर्राहट की तरह पेट में अन्दरूनी आवाज-सी आती लगती है। भारत के वाणिज्य मंत्री ओंकार बाबू अब तो पूरी तन्मयता से इस प्रस्ताव के प्रति आकर्षित हो चले। इतने वैज्ञानिक साक्ष्यों और प्रमाणों के बाद कोई प्रगतिविरोधी कूढ़मगज स्वदेशी ही ऐसे प्रस्ताव से प्रभावित नहीं होगा।

इसी बीच उन्होंने कुछ और मछलियाँ खा डालीं। उनको इतनी रुचि से खाते देखकर एक मेजबान के मुँह से उद्गार फूट पड़ा, "ऑफकोर्स, ही इज रिअल एपीक्युअर!" यह उद्गार उसने अँगरेजी में फोड़ा, क्योंकि उसे पता था कि अँगरेजी में प्रकट किए गए उद्गार को ही भारत में प्रामाणिक माना जाता है।

वाणिज्य मंत्री यह उद्गार सुनकर फूले नहीं समाए, बोल पड़े, "हमारे वित्तमंत्री मुझसे भी बड़े एपीक्युअर हैं...और हमारे प्रधानमंत्री तो उनसे भी बड़े..." भारत के वाणिज्य मंत्री ने ठीक भारतीय परम्परा के अनुसार मछली तो खुद खाई, लेकिन अपनी सदाशयता का परिचय देते हुए श्रेय नेतृत्व के अपने वरिष्ठ सहयोगियों को दे दिया।

"यह सौभाग्य की बात है, जो भारत को ऐसा नेतृत्व मिला है। पूरी शताब्दी में कभी-कभार ही ऐसा नेतृत्व मिल पाता है।" उद्गार प्रकट करनेवाले उसी मेजबान ने लगभग खम ठोंकने के-से अन्दाज में कहा, "दावे के साथ कह

सकता हूँ क्रि जिस देश का नेतृत्व ऐसा हो, उस देश में विदेशी मुद्रा भंडार में कभी कमी नहीं आ सकती!"

"स्वदेशी मुद्रा भले कम पड़ जाए..." शिष्टमंडल के बढ़-चढ़कर सोचनेवाले उस सदस्य ने मन-ही-मन कहा।

वह बड़ा व्यापारी मुग्ध होकर खाते हुए ओंकार बाबू को कहने लगा, "अमेरिका के राष्ट्रपति को भी यही मछली पसन्द है। वे कहते हैं कि मुँह बन्द करके मर जानेवाली मछलियों में कितनी भी सफाई की जाए, कुछ-न-कुछ गन्दगी रह ही जाती है...'राइगॉर मोर्टिस' की अवस्था में वह गन्दगी भी शरीर का एक हिस्सा बन जाती है...लेकिन मुँह खोलकर सींझनेवाली मछली की गन्दगी अपने-आप निकलती रहती है।"

"देखो, सभी महान व्यक्ति एक जैसा सोचते हैं', की भावना के साथ ओंकार बाबू ने अपने साथ गए लोगों को देखना शुरू किया। उन्हें तनिक धचका-सा लगा। उन्होंने तो अब तक कई मछलियाँ खा डाली थीं, लेकिन अपने साथ गए शिष्टमंडल के कई सदस्यों को अभी भी हिचक के साथ निखुरा-निखुरा कर खाते देख उन्हें बड़ा खराब लगा। वे लोग मछलियों का निचला हिस्सा तो खा ले रहे थे, लेकिन सिरवाला ऊपरी हिस्सा यूँ ही छोड़ दे रहे थे। ओंकार बाबू को उनकी प्लेट बड़ी घिनौनी नजर आई। वह मन-ही-मन क्षुब्ध होने लगे—इन भारतीयों को खाना भी नहीं आता...लगता है, इन्हें खाने का भी प्रशिक्षण लेने की जरूरत है। बासी माँड़-भात सपासप भकोस लेंगे, लेकिन अच्छी चीज नहीं खाएँगे। ये भारतीय सचमुच भीरु होते हैं। कुछ भी नया शुरू करो, ये डर जाएँगे। लगेंगे चीखने-चिल्लाने। पानी में सड़ जाएँगे, कीचड़ में गड़ जाएँगे, लेकिन हवा में उड़ेंगे नहीं, यही कारण है इनके पिछड़ेपन का। दुनिया के अन्य देश मछली से लेकर मिसाइल तक में कितनी प्रगति करते जा रहे हैं और एक हमारा भारत है कि अब भी बीते हुए कल के बारे में ही सोचता है।

"आप स्वयं भी नहीं खाएँगे और ऊपर से काउंटर गारंटी भी नहीं देने देंगे।" अद्भुत स्वाद-सुख के बीच भी दुखी होकर ओंकार बाबू ने शिष्टमंडल

के बढ़-चढ़कर सोचनेवाले उस सदस्य से कहा, जिसके प्लेट में गॉस्पी डैगन के सिर-ही-सिर नजर आ रहे थे, "आप लोग असली चीज तो बिलकुल छोड़ दे रहे हैं। मछली के सिर में ही असली तत्त्व होता है—उसका दिमाग। मछली का माथा खाने से बुद्धि तेज होती है।"

उसी बड़े व्यापारी ने बड़े भोलेपन से पूछ लिया, "अच्छा, तो मछली का सिर खाने से बुद्धि तेज होती है? मुझे यह पता नहीं था।"

"सिर में ही मछली का दिमाग होता है!" ओंकर बाबू ने पूरे आत्मविश्वास के साथ अपनी कनपटी को तर्जनी से ठोंक दिया, "हमारे यहाँ की ग्रामीण जनता मछली की मूँडी दाल में डालकर बड़े चाव से खाती है।" उनके ऐसा कहने का गूढ़ मन्तव्य यह था कि जिस बात को मैं जानता हूँ, ग्रामीण जनता जानती है, उसे शिष्टमंडल में गए लोग तो जानते ही नहीं...गॉस्पी डैगन के कारोबारी, आप भी नहीं जानते।

उस बड़े व्यापारी को दिमाग तो नहीं अलबत्ता भारत के वाणिज्य मंत्री द्वारा ठोंकी गई मूँडी में एक बड़ी मंडी जरूर नजर आ गई। वह तुरन्त उठकर जरा दूर बैठे अपने एक सहयोगी के पास चला गया। वह उससे कुछ बतियाने लगा। वह व्यक्ति उसकी कम्पनी में सम्भवत: रिसर्च या प्रचार वगैरह का मामला देखता था। थोड़ी देर बात कर लेने के बाद वह भारत के वाणिज्य मंत्री के नजदीक आकर बोला, "बिलकुल सही कह रहे हैं आप। बोस्टन यूनिवर्सिटी मेडिकल स्कूल के प्रो. रॉकहर्ट क्रूक्स भी इसी निष्कर्ष पर पहुँच चुके हैं। उनका कहना है कि 'गॉस्पी डैगन' का सिर मूल स्वरूप में रह जाने की वजह से उसका मस्तिष्क अपनी प्राकृतिक अवस्था में विद्यमान रहता है। उसे खाने पर मानव-मस्तिष्क का 'डोपामिन' प्राकृतिक रूप से सक्रिय हो उठता है। प्रो. क्रूक्स ने महसूस किया था कि विटामिन 'ए' का हाई डोज लेनेवाली गर्भवती महिलाओं के शिशुओं के मस्तिष्क में विजातीय द्रवों की असामान्य वृद्धि हो गई है। इसी मछली के सिर का 'डाइट' देने के बाद वह वृद्धि कम हो पाई थी। 'डोपामिन' मस्तिष्क के टिशुओं में पाया जानेवाला वह रसायन

है, जो न्यूरोट्रांसमीटर की तरह काम करता है और मस्तिष्क के सुचारु रूप से संचालन के लिए बड़ा आवश्यक होता है। इसलिए आपके देश के नर्सिंग होमों और अखिल भारतीय आयुर्विज्ञान संस्थान में भी इस 'डिश' की खपत आवश्यक जान पड़ती है। बोस्टन यूनिवर्सिटी मेडिकल स्कूल के रिसर्चरों ने दक्षिण एशिया के कुछ देशों में डोपामिन की सक्रियता और निष्क्रियता के सम्बन्ध में एक अध्ययन किया था। कई परीक्षणों के उपरान्त उन्होंने अपने निष्कर्ष में पाया था कि अन्य पड़ोसी देशों की तुलना में भारत में पिछले पाँच-सात वर्षों के दरमियान डोपामिन की सक्रियता प्रशंसनीय ढंग से बढ़ी है। दक्षिण एशिया के इन देशों में, खासकर भारत को अब बड़ी ताकत बनने से कोई रोक नहीं सकता, क्योंकि आर्थिक सुधारों के गति पकड़ते ही यहाँ के उच्च वर्ग में डोपामिन की सक्रियता भी बढ़ती जा रही है...इसे और बढ़ाने के लिए कुछ और उदार कदम उठाने की जरूरत है।"

'हे ईश्वर!' भारत के वाणिज्य मंत्री चकित रह गए...अपनी धारणा की प्रो. रॉकहर्ट क्रूक्स द्वारा की गई इस वैज्ञानिक पुष्टि पर। उनकी खुशी अन्दर समाए न रह सकी...वह जहाँ-जहाँ से निकल सकती थी, शरीर के उन-उन अंगों से छलक पड़ी।

अब तो उस भोज में ओंकार बाबू के केवल भाषण का ही नहीं बल्कि, उनके अद्‌भुत असामान्य ज्ञान का भी सिक्का जम गया। प्रो. रॉकहर्ट की रिपोर्ट को पढ़े बिना ही उन्होंने ऐसा कह दिया। उन्होंने 'गॉस्पी डैगन' का बुद्धिवर्द्धक सिर न खा पानेवाले भारतीय शिष्टमंडल के उन सदस्यों की ओर पहले तो आत्मगौरव से, फिर पीड़ा से देखा। उन सदस्यों की परम्परागत ठिठक कहें या संस्कारगत ठिठक—को तोड़ने के लिए वह खुद आगे बढ़े और दालचीनी की लकड़ी की छिद्रदार तश्तरी में से एक मछली उठा ली। गलफड़ खोलकर साँस खींचने की कोशिश-सी करती उस मछली का सिर वह उसी तरह चबा-चबाकर चूसने लगे, जैसे सहजन को चूसा जाता है।

उनके साथ गए उच्चस्तरीय शिष्टमंडल के कई सदस्यों ने गौर किया कि

मछली का सिर चूसते वाणिज्य मंत्री के होंठ धीरे-धीरे लाल होने लगे हैं। जैसे लिपस्टिक का हलका कोट चढ़ गया हो। थोड़ी देर बाद उनके होंठ पूरे लाल हो गए और वह लाली होंठों के किनारे से होती हुई ठुड्डी पर भी पसरने लगी है।

शिष्टमंडल के बढ़-चढ़कर सोचनेवाले उस सदस्य ने हड़बड़ाकर टोक ही दिया, "आपके होंठों पर यह खून कैसा?"

"जरूर इसका डोपामिन निष्क्रिय हो गया है!" ओंकार बाबू ने उस सदस्य को देखकर मन में सोचा। चूसने की गति में और तेजी लाते हुए उन्होंने तनिक चिढ़कर कहा, "यह खून ही तो इस सींझी मछली की ताजगी का प्रमाण है। तभी से तो इतना कुछ कहा गया, लेकिन आप अभी तक कुछ नहीं समझ पाए?" उन्होंने अपने होंठों पर बह आए खून को जीभ से अन्दर की ओर छेंकते हुए मछली के ताजा खून का स्वाद लेना जारी रखा।

चन्द सेकंड बाद ही उनके गाल के अन्दरूनी हिस्से में परपराहट-सी होने लगी। मसूढ़े में सूई छिदने जैसा दर्द हुआ। अब वह भी घबराए...कहीं कुछ काँटा-वाँटा तो नहीं गड़ गया...मछली के सिर की हड्डी या और कुछ। गर्दन झुकाकर दाहिने हाथ की तर्जनी और अँगूठे को चिमटे की शक्ल देते हुए मुँह में डालकर वह टटोलने लगे। अच्छा...तो यह मामला है! उनके चहू का कृत्रिम दाँत अपनी जगह पर नहीं था। पिछले मंत्रिमंडल में जब वह अर्थमंत्री थे, तब उनके चहू में 'खोड़ला' (केविटी) हो गया था। वह बहुत दुख देने लगा, तो अमेरिका जाकर उन्होंने खोड़लाया चहू उखड़वा कर वहाँ एक फाइबर का दाँत बैठवा लिया था। गॉस्पी डैगन को अधिक तेजी से चूसने के चक्कर में वह दाँत अपनी जगह से खिसक गया था और उसे अन्य दाँतों के साथ बाँधनेवाला तार मसूढ़े में गड़ने लगा था।

पता लगने-भर की देर थी। तुरन्त एक डेंटिस्ट बुलवाया गया। उसने उनके नकली अमरीकी चहू को अपनी जगह पर फिट कर दिया। जख्मवाली जगह पर एक विशेष प्रकार का मुख-विलेप लगाते हुए उसने सुझाव दिया, "घबराने की कोई बात नहीं...बस, थोड़ा-सा कुनकुना सूप पी लेना ठीक रहेगा।"

उस बड़े व्यापारी ने अपने हाथों से ओंकार बाबू को सूप पकड़ाते हुए उनके शीघ्र स्वस्थ हो जाने की शुभकामना प्रकट की। ओंकार बाबू पूर्णत: आश्वस्त हो गए और धीरे-धीरे सूप पीने लगे।

"एक बहुत बड़ा हादसा होने से टल गया।" शिष्टमंडल के बढ़-चढ़कर सोचनेवाले उस सदस्य ने सहानुभूतिवश ओंकार बाबू से कहा, "वरना आप अपने ही खून को मछली का ताजा खून समझकर खाए चले जा रहे थे।"

"शिष्टमंडल का यह सदस्य निपट अशिष्ट है!" ओंकार बाबू ने मन-ही-मन आकलन किया। "अब तो तनिक भी सन्देह नहीं कि इसके दिमाग का डोपामिन बिलकुल निष्क्रिय हो गया है!" अभी-अभी घटी छोटी-सी इस दुर्घटना के प्रति खुद को पूरी तरह लापरवाह-सा दिखलाते हुए उन्होंने उस सदस्य से तनिक मजाकिया लहजे में कहा, "एकाध मछली भी तो पूरी तरह खाई होती आपने...मस्तिष्क का डोपामिन कुछ तो सक्रिय होता।"

"लेकिन एक बात विचारणीय है, माननीय मंत्री महोदय! कि..." वह सदस्य बहुत आहिस्ता से बोला, "मछली के पास दिमाग होता ही कितना होगा! तनिक से चारे के लोभ में वे बहुत जल्दी फँस भी तो जाती हैं!"

ओंकार बाबू ने उसकी ओर अचकचाकर देखा...बल्कि थोड़ी देर तक देखा...लेकिन कोई उत्तर नहीं दिया...सिर्फ सूप का घूँट पीकर रह गए... मजबूरी में...क्योंकि वहाँ खून का कोई व्यंजन नहीं था और अपने मसूढ़े का खून भी टपकना बन्द हो चुका था।

ऐसी हल्की बातों में समय न नष्ट करते हुए वह मेजबान व्यापारियों के साथ भारत में पूँजी-निवेश की सम्भावनाओं पर बातचीत करने में मशगूल हो गए।

['हंस' जुलाई, 1997 में प्रकाशित]

✪